쓰지 않을 이야기

S

007

쓰지 않을 이야기

팬데믹 테마 소설집

조수경 · 김유담 · 박서련 · 송지현 지음

arte

차례

그토록 푸른

·

조수경

조수경

2013년 《서울신문》 신춘문예에 「젤리피시」가 당선되어 작품 활동을
시작했다. 장편소설 『아침을 볼 때마다 당신을 떠올릴 거야』로
소나기마을문학상 황순원신진상을 수상했다. 소설집 『모두가 부서진』이
있다.

매미 울음소리가 유리창을 때렸다. 여름에는 따로 알람을 맞출 필요가 없었다. 매일 아침, 한 마리가 선창하면 곧장 여기저기서 "째애–" 하는 소리가 터져 나왔다. 예전 같았으면 지각을 면하게 해주는 고마운 알람이 됐을지도 모르지만, 지금은 벌써 석 달 넘게 야간 근무 중이었다. 대체 저 많은 매미들이 어디에 다 붙어 있는 걸까. 나는 베개를 반으로 접고 그 틈에 얼굴을 파묻었다. 매앰매앰 우는 소리는 그럭저럭 들어줄 만한데, 긴급재난문자처럼 세상을 갈기갈기 찢어놓을 듯한 저 소리는 매일 들어도 낯설고 피로했다. 몸에는 아직 잠의 여운이 남아 있었지만, 신경은 거칠게 곤두섰다. 손을 뻗어 휴대전화를 찾았다. 카카오톡을 열고 어제 보낸 메시지를 복사해 날짜만 바꾼 다음 전송 버튼을 눌렀다.

— 8월 X일 / F조 / 야간 / 주소영 / 31세 / 김포.

잠시 후 답신이 도착했다.

— 8월 X일 / F조 / 야간 / 주소영 / 출근 확정.

*

바스락 소리가 들렸다.

청각이 감지해낸 소리인지, 신발 밑창을 통해 뭔가 미세하게 부서지는 걸 느끼고는 소리가 들렸다고 착각한 건지 알 수 없었지만, 어쨌든 나는 걸음을 멈췄다. 발을 들어 올리자 으스러진 달팽이집이 보였다. 미간을 찌푸렸다. 보도블록을 둘러보니 나선형의 연약한 껍데기들이 자갈처럼 널려 있었다. 뜨겁고 건조한 날들이 이어지며 달팽이집은 그대로 무덤이 됐다. 멀지 않은 곳에 바삭 마른 지렁이 사체가 있었다. 마지막 꿈틀거림을 유언처럼 남기고 죽은 환형동물을 바라보다

그토록 푸른

가 천천히 걸음을 옮겼다.

　말복을 앞둔 여름날 오후, 정류장에는 마스크를 쓴 사람들이 서로 간격을 두고 서 있었다. 태양을 피할 만한 곳은 이미 누군가들이 차지하고 있었기에 나는 땡볕 아래 자리를 잡았다. 쏟아지는 열기를 그대로 뒤집어쓰고 있으니 희미하게 현기증이 일었다. 붉게 변한 맨살이 따끔거려 손바닥으로 자꾸 몸을 쓸었다. 숨을 들이마시자 얼굴에 마스크가 들러붙었다. 내쉰 공기가 마스크 안에 갇혀 있다 도로 콧구멍으로 들어온 듯해 숨을 쉬어도 쉬는 것 같지 않았다. 산소를 양껏 채우고 싶은 욕망에 입을 크게 벌리자 KF94의 고밀도 필터가 거대한 연체동물의 빨판처럼 숨통을 틀어막았다. 마스크가 몸 안의 수분을 모조리 빨아들이는 기분이었다.

　휴대전화를 꺼내 시간을 확인했다. 통근 버스가 도착하려면 5분쯤 더 기다려야 했다. 버스는 일거리를 찾아 서울 곳곳에서 몰려든 사람들을 싣고 5호선 방화역에서 출발해 몇 군데 더 정차한 다음, 마지막으로 내가 사는 김포의 작은 동네를 지나 시 외곽에 위치한 물류센터로 향했다. 정류장 부근을 제외하면 거리는 텅 비어 있었다. 병이 돌고 난 뒤로 가게는 문을 닫았고 사람들은 집 밖에 나오지 않았다. 다만 하루에 세 번, 통근 버스가 도착하는 시간에 정류장으로 사람들이 모여들었다. 나는 늘 4시 15분 차를 타고 출근했는데, 이곳에서 여러 번 익숙한 얼굴들을 만났다. 작은 카페를 운영하던 단발머리 여자나 길가에서 헬스장 전단지를 나눠주던 트레이너와 함께 버스에 오르는 날들이 있었고, 엊그제는 연어덮밥을 먹으러 종종 찾던 단골 식당 사장님과 마주쳤다. 두 개의 시선이 한 치의 오차도 없이 정확하게 포개졌지만, 이내 눈동자는 서로 모르는 척 멀어졌다. 인사를 주고받음으로써 사장님이 식당을 지키는 대신, 내가 여행사로 출근하는 대신 새벽배송 물류센터로 가는 통근 버스에 오르는 사실을 굳이 서로에게, 혹은 스스로에게 다시 한번 확인시켜줄 필요는 없었다. 요즘 같은 시절에는 마스크가 좋은 변명거리가 되어주었다. 가끔은 궁금했다. 언젠가 다시 마스

그토록 푸른

크를 벗고 살아갈 날이 온다면, 그때 물류센터에서 함께 일한 사람들을 알아볼 수 있을까. 대화를 나눌 때 서로의 눈을 바라보기 때문에 눈만 보면 다 알 수 있을 거라고 생각했는데, 막상 마스크로 코와 입을 가리니 도무지 타인의 얼굴이 각인되지 않았다. 게다가 감정도, 표정도 쉽게 읽을 수 없어 꽤 자주 로봇을 상대하는 기분이었다.

"후우."

누군가 숨을 길게 내쉬었다. 오십대로 보이는 남자 하나가 더는 못 견디겠다는 듯 오른쪽 귀에 걸어둔 마스크 고리를 풀었다. 남자의 눈동자는 흐릿하게 풀려 있었는데, 그래서인지 금방이라도 쓰러질 듯 위태로워 보였다. 숨을 길게 내쉬었다 깊이 들이마시기를 반복하던 남자가 어느 순간 마른기침을 터뜨렸다. 동시에 사막에서 길을 잃은 것처럼 무기력하게 서 있던 사람들이 재빠르게 뒷걸음질했고, 누군가는 "흠, 흠" 소리를 내며 노골적으로 불편한 심기를 드러냈다. 주변을 의식한 듯 남자는 다시 마스크를 얼굴에 밀착시켰다. 여름이 되면 감염자 수가 줄어들 거라는 기대는 완전히 무너져 내렸다. 바이러스는 계속해서 변이를 일으키며 무서운 속도로 퍼지고 있었다. 모두의 예상을 빗나간, 모두에게 쉽지 않은 지독한 여름이었다.

버스로 15분쯤 달려 물류센터에 도착했다. 버스 출입문이 열리자 물류센터 직원이 올라와 문진표를 나눠주고 앞좌석부터 체온을 쟀다. 경쟁 업체에서 확진자가 나왔다는 소식이 들린 뒤로 센터에는 긴장감이 옅게 떠다녔다. 차례를 기다리는 동안 앞사람이 넘겨준 문진표를 작성했다.

- 열이 난다. ☐예 ☑아니오
- 기침 증상이 있다. ☐예 ☑아니오
- 목에 통증이 있다. ☐예 ☑아니오
- 호흡이 불편하다. ☐예 ☑아니오
- 손이나 발끝에 푸른빛이 돈다. ☐예 ☑아니오

마지막 항목에 체크 표시를 하면서 며칠 전에 본 기사를 떠올렸다. 바이러스에 감염된 사람들 중에 신체 말단을 시작으로 온몸이 푸르게 변하는 증상을 보이는 사례가 늘고 있다는 내용이었다. 모자이크 처리된 사진만 봐도 환자의 팔과 얼굴은 사람의 것이라기보다 한여름의 식물처럼 짙은 녹색을 띠고 있었다. 피부색을 통해 감염 여부를 직접 확인할 수 있으며, 색의 진하기로 그 심각성까지 짐작할 수 있다는 것이 이번 변이종의 특징이었다. 이물스러운 사진보다 더 섬뜩한 것은 병원성에 관한 얘기였다. 바이러스는 숙주를 필요로 하기 때문에 변이를 일으킬 경우 대개 숙주를 해치지 않을 만큼 병원성이 낮은 쪽으로 진행되지만, 이번 변이종의 경우 병원성이 더 높아진 걸로 보인다는 거였다. 변이된 바이러스에 감염되면 1~2주 내에 온몸이 짙은 녹색으로 변해버리고, 평생 호흡기에 의지해 살아야 할 만큼 폐에 치명적인 손상을 입거나 심할 경우 사망에 이른다고 했다. 다만 젊고 건강한 사람의 경우 별다른 증상 없이 피부색만 옅게 변했다 스스로 회복한다고도 덧붙였다. 기사 하단에는 감염자 외계인 설부터 두려움을 호소하는 얘기까지 수많은 댓글이 달렸고, 사람들은 다른 사람과의 접촉을 더욱 꺼리게 됐다. 집 밖에 나오는 사람들은 격일로 출근하는 공무원들이나 재택근무가 불가능한 사람들, 나처럼 생존을 위해 물류센터로 향하는 이들이 대부분이었다.

"고개 살짝 들어볼래요?"

직원이 체온계를 들이밀었다. 나는 목을 쭉 빼고 숨을 참았다. "삐익-" 소리가 들리고 기기에 표시된 숫자를 확인하는 그 짧은 시간 동안 긴장이 돼 자꾸만 침이 넘어갔다. 별 이상이 없는지 직원이 시선을 옮겨 내 손을 바라봤다. 나는 손등이 잘 보이도록 두 손을 모아 높이 들어올렸다. 그 상태로 잠시 멈춰 있다가 이번에는 손바닥이 잘 보이도록 뒤집었다. 피부가 거칠어졌을 뿐 손끝엔 잘 익은 복숭앗빛이 감돌았다. 직원이 고개를 까딱이며 뒷좌석으로 건너간 다음 짐을 챙겨 버스에서 내렸다. 바깥은 여전히 뜨거웠다. 버스에서 건물 출입구까지 이동하는 잠깐 동안 살갗이 벌겋

그토록 푸른

게 익고 숨이 거칠어졌지만, 잠시 뒤에는 내장까지 태워버릴 듯한 열기가 그리워질 거라는 생각을 하며 열화상 카메라를 통과했다.

출입 카드를 받고, 휴대전화를 반납하고, 내 몫으로 지급된 방한복과 방한화를 챙겨 들었다. 집에서 가져온 플리스를 껴입고, 위생 상태가 의심되는 방한복을 덧입고, 양말을 덧신은 다음 내 발 사이즈보다 두 치수는 큰 방한화를 신고 끈을 단단히 묶었다. 방한복은 하루에 몇 번 소독하냐고, 맞지 않는 신발이 작업 속도를 늦춘다는 걸 모르냐고 묻고 싶었지만, 딱히 불평을 늘어놓을 입장은 아니었다. 직원이 나눠준 핫팩과 면장갑을 주머니에 넣고, 집에서 가져온 털모자를 귀까지 눌러 쓴 다음 손에 스키 장갑을 꼈다. 오후 5시. 냉동 창고 문이 열렸다. 허연 한기와 함께 오후 조 근무자들이 전설에 등장하는 설인처럼 서서히 모습을 드러냈다. 잔뜩 지쳐 있을 그들의 걸음은 무겁고 느렸으며 눈썹과 머리카락에는 얼음덩이가 덕지덕지 달려 있었다. 지금으로부터 아홉 시간 뒤인 오전 2시가 되면 내 모습도 다를 바 없을 것이다. 한숨을 내쉬는 대신 주먹을 꽉 쥐고 창고 안으로 들어갔다. 한여름의 열기에 녹아버린 몸뚱이를 영하 18도의 냉기가 순식간에 얼려버렸다. 한여름에서 한겨울로 넘어갈 때마다 몸살이 날 것 같은 느낌이 들었지만, 그럴 때마다 정신을 바짝 차려야 한다고 마음을 다잡았다.

*

오늘도 어김없이 매미 울음소리가 아침을 깨부쉈다. 매미 소리야 늘 요란했지만, 올해는 유난히 시끄럽게 울어대는 기분이었다. 카카오톡을 열고 어제 보낸 메시지를 복사해 날짜만 바꾼 다음 전송 버튼을 눌렀다.

— 8월 X일 / F조 / 야간 / 주소영 / 31세 / 김포.

*

　이은하. 또 이 여자였다. 일주일에 한 번씩 473밀
리리터짜리 아이스크림 일곱 통을 주문하는 사람. 매
번 쓰리트윈즈 레몬쿠키 세 통과 민트컨페티 두 통, 하
겐다즈 피넛버터크런치를 두 통씩 주문해서 쉽게 기억
할 수 있었다. 그녀가 주문한 상품을 바구니에 담을 때
마다 나는 영등포구에 사는 이은하 씨에 대해 생각했
다. 이은하 씨는 아이스크림만 먹고 살지는 않겠지. 아
이스크림도 양껏 먹고 사는 거겠지. 세일을 해도 9천
원쯤 되고, 세일이 끝나면 만 원이 훌쩍 넘는 아이스크
림을 하루에 한 통씩 매일 먹는 사람. 한 달을 30일로
치고 세일가로 계산해도 최소 27만 원. 27만 원이면
요즘 내 한 달 식비보다 많은 돈이었다. 예전에는 나도
아이스크림을 먹을 때 가격 같은 거 따져보지 않았는
데, 요즘은 인터넷 쇼핑몰에서 장을 볼 때면 아이스크
림이나 과일 같은 걸 장바구니에 담을 엄두가 나지 않
았다. 쌀이나 생수, 계란 같은 꼭 필요한 식품만으로도

금세 7~8만 원이 훌쩍 넘었기 때문이었다.

"이은하 씨의 인생은…… 그야말로 달콤하구나, 달콤해."

혼잣말을 중얼거리며 아이스크림을 담는데 어쩐지 내 마음은 씁쓸해졌다. 어제 퇴근할 때만 해도 몸살이 날 것 같아 하루쯤 쉴까 생각도 해봤는데, 아침에 일어났을 때 머릿속을 채운 말은 '그래도…… 나가야지'였다. 최근에 깨달은 나의 가장 큰 장점은 질기다는 거였다. 강하다기보다 질긴 것. 어쩌면 강한 것과 질긴 것 중 살아가는 데 더 필요한 건 질긴 것인지도 몰랐다. 매일 질기게 근무한 결과 이제는 물류센터 일도 쉽게 구할 수 있었다. 이곳에서 하는 일이 결코 만만치 않은데도, 일하려는 사람들은 넘쳐났다. 처음엔 나도 꽤나 애를 태웠다. 근무할 날짜, 원하는 팀, 원하는 시간대, 이름, 나이, 사는 곳 등 정해진 양식대로 작성해 담당자에게 카카오톡 메시지를 보내놓고 출근 확정 연락이 오기만을 기다렸다. 근무할 날짜보다 며칠 앞서 메시지를 보내고 기다리는 게 기본이었는데, 요즘은

그토록 푸른

당일 오전에 보내도 금세 출근이 확정됐다는 답장을 받았다. 냉동 창고 팀장이 "주소영 씨는 성실하고 손도 빠르다"며 칭찬한 게 도움이 됐을 것이다. 석 달 넘게, 일주일에 하루 쉬어가며 묵묵히 해내고 있기는 하지만, 고된 일임에는 분명했다. 아직 8시도 안 됐는데, 손가락 끝은 벌써 감각을 잃어가고 있었다. 일당 9만원. 하루 치 노동의 대가와 거의 맞먹는 아이스크림 일곱 통을 바구니에 담고 다음 주문서를 확인했다.

"자, 자, 밥 먹고 합시다!"

팀장이 박수를 치며 냉동 창고 안을 돌았다. 원래 저녁 식사는 7시, 휴식 시간은 9시와 11시로 정해놓았지만 실제로는 주문량에 따라 유동적이었고, 9시가 넘어서야 겨우 저녁을 먹는 날이 더 많았다. 창고 밖으로 나오자 꽁꽁 얼었던 몸이 느슨하게 풀리며 걸음을 떼는 것조차 버겁게 느껴졌다. 휴대전화를 찾고, 도시락을 받고, 사람들과 적당히 간격을 두고 앉아 밥을 먹었다. 밥은 찰지고 윤기 흐르는 밥알들이 소담스럽게 담겨 있는 모양새라기보다 그릇을 뒤집으면 그대로 툭 떨어질 것 같은 하나의 덩어리 형태로 살짝 굳어 있어 식욕을 자극하는 데 전혀 도움이 되지 않았지만, 어쨌든 2시까지 버티려면 남김없이 먹어둬야 했다.

— 별일 없나.

휴대전화를 확인하니 카카오톡 메시지가 도착해 있었다. 엄마였다. 따뜻한 물을 한 모금 마시고 밥을 떠 넣으며 답장을 보냈다.

— 응, 잘 있다. 엄마는?

— 내도 잘 있다. 밥은? 잘 챙겨 먹고?

— 잘 챙겨 먹는다. 걱정 마라.

— 숙희 아줌마 아들 재원이 안 있나. 글마가 이번에 아예 내려왔다 카든데.

— 엄마.

— 와?

— 걱정 마라. 우리 회사는 괜찮다. 진짜로 걱정 마라.

— 걱정 안 한다. 니 힘들까 봐 그런다. 서울 생활

이 어디 쉽나.

　태어나서 지금까지 쭉 마산에서 살아온 엄마한테는 김포도 서울이었고, 수원도 서울이었고, 서울 근처는 그냥 다 서울이었다. 은근히 동경하면서도 왠지 모르게 두려운 곳도 서울이었다. 내가 서울에 있는 대학에 합격했을 때나 텔레비전 광고에 나오는 제법 큰 여행사에 취직했을 때, 엄마는 친구들을 불러내 밥도 사고 술도 샀다. 그런 엄마에게 회사를 그만두게 됐다는, 그것도 비정규직이라 1순위로 밀려났다는 말을 할 수 없었다.

　―엄마, 내 걱정 말고, 쓸데없이 나댕기지 말고 집에 꼭 붙어 있어라. 알았나.

　―알았다.

　엄마는 짧은 파마머리 캐릭터가 하트를 날리는 이모티콘을 보냈다. 나도 하트 하나를 날린 다음 젓가락을 들었다. 밥을 떠 넣고 음식물을 씹어 삼켰지만 맛이 느껴지지는 않았다. 잠시라도 몸이 편해지면 그 틈을 놓치지 않고 걱정이 파고들었다. 언제까지 이렇게 살아야 할까. 바이러스가 사라지면 다시 여행사에서 일할 수 있을까. 아니면 지금이라도 다른 일을 찾아봐야 하나. 폐업하는 곳이 더 많은 요즘 같은 때에 대체 어디에서 무슨 일을 할 수 있나. 미래는 온통 새까맣고 불확실했지만, 어쨌든 이 힘든 시기에 새벽배송 물류센터가 있어서 다행이었다. 일터에서 쫓겨난 사람들, 가게 문을 닫아야만 했던 사람들이 모두 이곳에 몰려들었다. 외출을 꺼리는 사람들이 온라인으로 물건을 구입하면서 자연스럽게 물류센터에서 일할 일용직 노동자도 더 많이 뽑았다. 묵묵히 밥을 떠 넣고 씹고 삼키다 보면 이런 생각도 들었다. 이러다 대한민국의 거의 모든 사람들이 온라인 쇼핑몰 물류센터에서 일하고, 거기서 받은 돈으로 다시 온라인 쇼핑몰에서 필요한 물건을 구입하고, 일을 하고, 물건을 사고, 일을 하고, 물건을 사고…… 세상이 결국 그렇게 되는 건 아닐까. 어떤 날은 생각이 흐르고 흐르다 지구적인 차원으로까지 번져갔다. 한 번 사용되고 버려질 수많은 박스와 포장재와 얼음팩 같은 것들을 볼 때마다 지구에

그토록 푸른

게 몹시 미안했고, 인류의 미래는 희망이 없다는 절망
감마저 들었다. 한숨을 내쉬며 숟가락을 내려놓고, 마
을에 내려온 북극곰과 콧구멍에 빨대가 꽂힌 거북이와
플라스틱 쓰레기로 배를 채운 채 죽어가는 갈매기를
생각했다. 그러나 생각의 끝은 늘 "지금 내가 지구 걱
정할 때인가" 하는 자조적인 한숨이었고, 다시 숟가락
을 꼭 움켜잡곤 했다. 살기 위해서는 일단 무슨 일이든
해야 했다. 여행사에 다니면서 받은 월급은 학자금 대
출과 서울살이를 하며 진 빚을 갚는 데 쓰느라 저축할
여유가 없었다. 이 사태가 언제까지 이어질지, 앞으로
어떻게 흘러갈지 알 수 없으므로 돈을 벌 수 있을 때
벌고 모아둬야 했다. 팀장이 테이블 사이를 오가며 빠
른 박자로 손뼉을 쳤다. 식사 시간이 끝났다는 의미였
다. 자리를 정리하고 벗어둔 마스크를 다시 썼다. 밥을
먹는 동안 눅눅해진 마스크는 금세 얼어버릴 것이다.

*

카트를 밀며 냉동 창고를 돌았다. 어쩐지 선득한 기운에 어깨를 쓸어내렸다. 몸살이 날 것 같은 느낌이 들어 기합을 넣듯 몸을 가볍게 푼 다음 주문서를 확인하고 바구니에 물건을 담았다. 순간, 전등이 깜빡이는가 싶더니 창고 안이 한층 어두워졌다. 불빛은 숨이 꺼져가는 생명체 같았다. 주변을 둘러봤다. 아무도 없었다.

"저기……."

누구든 불러보려 해도 입이 얼어 말이 더디게 나왔다. 통로 너머 어딘가에서 뭔가 바닥에 떨어지고 곧 부스럭거리는 소리가 이어졌다. 나는 조심스럽게 카트를 밀었다. 소리가 나는 곳을 찾아 코너를 돌다 흠칫 몸을 떨었다. 선반에는 포장된 냉동 생선이 가지런히 쌓여 있었다. 생선들은 벌겋게 충혈된 눈을 부릅뜬 채로 꽁꽁 얼어 있었다. 매일 봐도 도무지 익숙해지지 않는 광경이었다. 숨을 고르고 발을 뗐다. 이동하는 동안

그토록 푸른

누구와도 마주치지 않았다. 다들 어디로 간 걸까. 낯설고 불안한 마음에 주변을 살피는데, 다시 조도가 낮아지며 전등에서 "째애-" 하는 소리가 들리기 시작했다. 뿐만 아니었다. 창고 한쪽에 걸린 온도계가 깜빡거렸다. 붉은 빛이 한 번 깜빡일 때마다 '-18℃'에서 '-19℃'로, 다시 '-20℃'로 무섭게 떨어졌다. 심장박동이 빨라졌다. 몸에서 힘이 빠져 카트를 놓쳤다. 카트는 스르르 굴러가다 선반에 부딪히며 멈췄다. 카트를 내버려둔 채 팀장을 찾으려 했지만, 어디로 가야 할지 몰라 허둥거렸다. 멀지 않은 곳에서 부스럭거리는 소리가 계속 들려왔다. 잠시 귀를 기울이다 발끝에 힘을 주고 몸을 틀었다.

소리가 나는 곳에 도착했을 때, 바닥에 쭈그리고 앉은 사람이 보였다. 뒷모습이었지만 여자라는 걸 알수 있었고 머리칼이 긴 것으로 보아 확실히 팀장은 아니었다. 선반 아래로 아이스크림이 여러 개 떨어져 있었다. 전등이 깜빡거리며 조도가 더욱 낮아졌다. "째애-" 하던 소리도 점점 커져 신경을 긁어댔다.

"저기요."

나는 여자를 불렀다. 여자는 돌아보지 않았다. 구
부러진 등 위로 깜빡이는 불빛이 쏟아져 반대쪽에 서
늘한 그림자극이 연출됐다. 커다란 방한복 때문에 그
녀가 뭘 하는지 알 수 없었지만, 아마도 떨어진 아이스
크림을 줍고 있는 거라고 생각했는데…… 뭔가 이상했
다. 여자의 동작은 꽤 느긋했고 규칙적이었다.

"저기요, 지금 뭔가 잘못된 것 같아요. 여기서 나
가야……."

여자가 천천히 몸을 돌렸다. 한 손에 아이스크림
통을 들고 있던 여자는 다른 손을 둥글게 움직여 아이
스크림을 한 숟갈 뜨고, 입에 넣고, 스푼을 쪼옥 빨아
먹은 다음 다시 아이스크림 통에 집어넣었다. 그녀는
기이할 정도로 부드럽게 움직이며 아이스크림을 먹고
있었다. 놀란 건 그 때문만은 아니었다. 아이스크림 통
을 들고 있는 손도, 스푼을 쥐고 있는 손도 모두 짙은
초록색이었다. 쉴 새 없이 오물거리는 입과 뺨도 온통
짙은 초록색이었다. 초록색 얼굴이 입술 끝을 한껏 올

그토록 푸른

리며 웃음 지었다. 나는 뒤로 물러섰다. 어느덧 온도계는 '-32℃'를 가리키고 있었다.

"저기, 여기 아무도……."

나는 더듬거리며 뒷걸음쳤다. 차가운 바닥에 발이 들러붙은 듯 걸음을 떼기가 쉽지 않았다. 여자는 아랑곳하지 않고 아이스크림을 퍼먹었다. 그러다 순간, 여자의 고개가 툭 꺾이는가 싶더니 스푼이 바닥에 떨어졌고 다음엔 아이스크림 통이 떨어졌다. 상체가 휘청휘청 흔들리다 방한복 사이로 초록색 팔과 다리가 길게 뻗어 나왔다. 팔이 점점 늘어나 천장에 닿을 만큼 가지를 뻗었고, 다리는 바닥을 뚫고 뿌리를 내렸다. 이제 한 그루의 커다란 나무가 되어버린 여자 옆에는 찢어진 방한복과 방한화, 반쯤 비어 있는 아이스크림 통만 뒹굴었다. 어디선가 시커먼 곤충이 하나둘 날아와 초록색 나뭇가지에 달라붙었다. 나무는 곧 떼를 지어 쉼 없이 날아든 까만 곤충으로 뒤덮였다. 창고 안은 곤충 울음소리인지 전등에서 나는 소음인지 알 수 없는 소리로 가득 찼다. 째, 째, 째애애애…….

눈을 떴다.

꿈과 현실을 잇는 통로에 매미 울음소리가 가득했다. 땀으로 축축하게 젖은 베개에서 몸을 떼자 서늘한 기운이 목덜미를 휘감았다.

꿈이었구나.

기분 나쁜 꿈이었다. 창문 너머에서는 여전히 매미들이 "째애—" 울고 있었다. 꿈에서 본 곤충이 매미였던가. 악몽을 지우려고 고개를 흔들었다. 물을 마셨다. 정신이 들며 의식이 꿈 밖으로 완전히 빠져나왔다.

째애애…….

매미 울음소리는 어제보다 더 크고 요란했다. 쟤들 저렇게 울다가는 지쳐서 죽겠다 싶다가, 아참, 쟤들 얼마 못 살지, 생각했다. 그렇다면 저게 바로 온 생을 다해 우는 소리일까. 질기게, 진득하게 우는 것. 잠시 매미 소리에 귀를 기울이다 카카오톡을 열고 어제 보낸 메시지를 복사해 날짜만 바꾼 다음 전송 버튼을 눌렀다.

그토록 푸른

— 8월 X일 / F조 / 야간 / 주소영 / 31세 / 김포.

*

온도계를 확인했다. 영하 18.2도였다.

간밤에 꾼 꿈 때문인지 온도계도, 전등도, 주변 사람들도 자꾸 신경이 쓰였다. 카트를 밀며 창고 안을 돌아다니다 누군가와 마주칠 때마다 방한복과 장갑 사이로 드러난 손목을 훔쳐봤다. 평소엔 일하기 바빠 흘려듣던 기침 소리도 오늘따라 불쾌한 기분이 들어 주위를 경계했다. 출근길엔 이런 일도 있었다. 가로수 아래 까만 열매 같은 것이 잔뜩 떨어져 있어 유심히 보니 그건 열매도, 씨앗도 아닌 꿀벌의 사체였다. 꿀벌이 떼로 죽은 건 나쁜 징조라는 얘기를 들은 기억이 나서 찜찜한 마음으로 통근 버스에 올라탔을 때, 옆에 앉은 중년 여자가 내 쪽으로 몸을 기울이며 조용히 말을 붙여왔다.

"원래는 이렇지 않았어."

여자는 마스크를 쓰고도 손으로 입을 가리며 은밀하게 속삭였다. 허공에 떠 있는 시선은 어딘가 불안해 보였고, 오래 쓴 탓인지 마스크에서는 퀴퀴한 냄새가 풍겼다. 나는 그녀가 바짝 다가오는 게 신경 쓰여 상체를 뒤로 뺐다.

"원래 여기서 일하는 사람들이 이렇게까지 많지는 않았다고."

나는 여자의 말에 귀 기울이는 대신 들숨과 날숨에 미세하게 꺼졌다 부풀어 오르는 마스크를 바라봤다. 눈에 잘 보이지 않는 구멍들, 그 틈으로 사람의 눈으로는 볼 수 없는 것들이 새어 나와 내게 들러붙지 않을까 염려했다.

"내가 여기서만 2년 넘게 일했거든. 통근 버스가 이렇게 꽉 찬 걸 본 적이 없었어. 병이 돌기 전에는 자리가 여기저기 비어 있었다니까."

말을 마치고 여자는 입가에서 손을 떼며 자연스럽게 동작을 연결해 팔짱을 꼈다. 차창에 '대화 금지'라고 써붙여둔 걸 바라보는데, 여자가 몸을 접으며 기습

그토록 푸른

적으로 재채기를 했다. 동시에 주변에 앉은 사람들이 마치 헬기가 착륙할 때 풀이 눕듯이 그녀로부터 가능한 한 먼 곳으로 몸을 기울이는 게 느껴졌다. 가장 가까운 곳에 앉아 있던 나는 최소한의 방어조차 할 수 없었다. 여자는 몸을 추스르며 아무 일도 없었던 것처럼 창문으로 고개를 돌렸고, 나는 그녀가 마스크를 얼굴에 완전히 밀착해서 착용했는지, 필터의 성능에는 문제가 없을지 걱정했다. 여러모로 불쾌하고 불길한 날이었다. 불쾌한 데다 불길함까지 느낀 것은 어떤 예감 때문이었다. 이 모든 일들이 앞으로 일어날 사건의 예고편에 불과할 거라는 기분 나쁜 예감.

하강하던 감정이 마침내 바닥을 친 것은 저녁 식사를 끝낸 직후였다. 새로 받은 주문서에서 아는 이름 하나를 발견하고 내 심장은 영하 18도의 냉동 창고보다 더 차갑게 얼어버렸다.

국승원.

성씨가 독특한 데다 이름 또한 흔하지 않아 동명이인이라고는 생각되지 않는 사람. 물론 찾아보면 대한민국에 '국승원'이라는 이름을 가진 사람이 아예 없지는 않겠지만, 세상에 국승원이 백 명이 있든 천 명이 있든 국승원은 내게 단 한 사람일 뿐이었다.

승원과 나는 프라하의 연인이었다. 대학을 졸업한 해 여름, 나는 여행사에 합격했다. 계약직이었지만 문제없이 2년쯤 근무하면 대부분 정규직으로 전환된다고 들었다. 무엇보다 내가 원하던 서유럽 지역 인솔자로 일하게 됐다는 사실에 만족했다. 앞으로 서유럽은 실컷 갈 테니 입사 전에 동유럽에 한번 다녀오자는 생각으로 보름간 떠난 여행지에서 승원을 만난 것이다. 첫 만남은 카를교에서 이뤄졌다. 블타바강을 바라보며 다리를 건너는데, 다리 가운데에서 누군가 버스킹을 시작했고, 멜로디에 맞춰 가볍게 몸을 흔들다 승원과 눈이 마주쳤다. 한국인이겠지. 그것이 승원에 대한 첫 번째 기억이었다. 노래를 세 곡쯤 듣고 기타 케이스에 동전을 던져 넣은 다음 네루도바 거리를 지나 프라하 성에 올랐다. 거기서 다시 승원을 봤고, 다음 날에는 카를교 옆에 있는 전통 빵을 파는 가게에서 마주쳤

그토록 푸른

다. 승원이 먼저 말을 걸었고, 이것도 인연이라며 아이스크림을 넣은 뜨르들로를 사 줬다. 우리는 강을 따라 비셰흐라드까지 함께 걸었고, 묘지를 산책한 다음 성벽에 걸터앉아 프라하 성으로 내려앉는 노을을 바라봤다. 그다음 날에는 함께 체스키 크룸로프로 당일치기 여행을 다녀왔다.

우리는 한국에 돌아와서도 연락을 이어가다 자연스럽게 연인이 됐다. 승원은 항공사 기장이 되기를 바랐지만 시력 때문에 꿈을 접고 대기업에 입사했다. 승원과 나는 3년쯤 만나다 헤어졌다. 둘 모두 이별의 원인을 해외에 머무는 시간이 많은 내 직업 탓으로 돌렸으나, 그보다는 마음의 유효기간이 다했기 때문이라는 걸 그도 알고 나도 알았다. 이별이 좋을 수는 없겠지만, 그래도 최소한 나쁜 이별은 아니었다.

그랬는데…… 문제는 그 후였다. 승원과 헤어지고 다른 사람들을 만날 때마다 모든 면에서 승원과 비교하게 됐다. 당연하게도 새로운 만남을 지속할 수 없었다. 가끔은 승원에게 연락을 했고, 또 가끔은 가볍게 저녁을 먹고 헤어지기도 했다. 다시 시작할 수 있지 않을까 진지하게 생각해보던 무렵에 승원이 결혼한다는 소식을 접했다. 승원의 SNS 계정을 염탐하던 중 승원이 태그된 게시물을 보고 알게 된 사실이었다. 물론, 태그한 사람은 승원의 예비 신부였다. 조금은 가슴이 시렸고, 그보다는 허탈했지만, 그럼에도 분명 축복하는 마음이 있었는데, 내가 승원을 최악의 남자로 기억하게 된 것은 그들 부부가 신혼여행지로 선택한 곳이 프라하였기 때문이었다. 카를교에서 승원과 그의 아내가 함께 찍은 사진을 마지막으로 나는 승원의, 그리고 그의 여자친구였다가 아내가 된 사람의 SNS를 엿보는 바보 같은 짓을 그만뒀다.

우리 한우 1++등급 채끝 300그램, 무농약 아스파라거스 250그램, 간편 그릭 샐러드 250그램, 렘노스 치즈 살구아몬드 맛, 카스 크래커 블랙페퍼, 샤인머스캣 1킬로그램……

나는 승원이 주문한 내역을 찬찬히 살펴봤다. 목록 중 냉동 티라미수 케이크와 유기농 아이스크림에

그토록 푸른

빨간색 동그라미가 표시돼 있었다. 내가 승원을 대신해 바구니에 담아야 할 물건이었다. ……잘 살고 있겠지. 어쩌면 눈이 나빴던 게 도리어 행운 아니었을까. 만일 그때 기장이 됐다면 지금쯤 무급 휴직에 들어가 나처럼 물류센터로 출근해야 했을지도 몰랐다. 언젠가 프라하에서 그랬던 것처럼 그와 나는 이곳에서 다시 마주쳤을지도 몰랐다. 승원이 그의 아내와 함께 아스파라거스를 곁들여 스테이크를 굽고, 내가 스키 장갑을 낀 손으로, 그러고도 반쯤 얼어버린 손으로 바구니에 담은 케이크와 아이스크림을 먹을 거라는 생각을 하자…… 서러웠다. 아니, 비참했다. 이 국승원은 그 국승원이 아닐 거라고 스스로를 위로해보려 했지만 그런 나에게 오히려 더 화가 났다.

　오늘따라 냉동 창고가 유난히 춥게 느껴졌다. 그저 빨리 집에 가고 싶다는 생각뿐이었다.

*

　샤워기에서 미적지근한 물이 쏟아졌다. 낮이고 밤이고 공기가 뜨거워 탱크에 저장된 물까지 데울 정도였다. 머리를 감고 몸에 비누칠을 했다. 풍성한 꽃향기에 피로가 조금은 풀리는 기분이었다.

　새벽 2시에 일을 마치고 퇴근해 집에 돌아오면 2시 40분 전후. 신발을 다 벗기도 전에 쓰러질 것처럼 피곤했지만, 씻지 않고는 도저히 잠을 잘 수 없는 계절이었다. 더군다나 요즘 같은 때에는 외출 후에 곧장 샤워를 한다거나 입었던 옷을 깨끗이 세탁하는 건 너무나 기본적인 일이었다.

　응?

　발을 닦다 말고 샤워기를 틀었다. 물이 닿자 거품이 흩어지며 발가락이 선명하게 드러났다. 언제 다쳤는지 발가락 끝에 멍이 들어 있었다. 바쁘게 일하다 보면 나도 모르는 사이 여기저기 긁히고 멍이 드는 일이 잦았다. 손으로 만져보니 통증은 없었다. 방한화 끈을 너무 세게 조였나. 문득 머릿속을 빠르게 스쳐가는 생각에 손을 쫙 펴고 손등과 손바닥을 번갈아 살펴봤다. 손가락 끝에도 옅게 멍이 들어 있었다.

설마, 이게.

…….

아니겠지.

아닐 거라고 생각은 하면서도 덜컥 겁이 났다. 이마에 손을 대보니 열이 나는 것 같기도 하고 아닌 것 같기도 하고 애매했다. 선반을 열어 체온계를 꺼냈다. 손에 물기가 있어 버튼을 누르는 간단한 조작조차 쉽지 않았다. 수건에 대충 손을 문지르고 체온을 쟀다. 정상이었다. 목이 따끔거린다거나 기침이 난다거나 숨쉬는 게 불편거나 하지도 않았다. 하지만. 통근 버스에서 옆에 앉았던 여자가 떠올랐다. 그녀가 재채기할 때 새어 나온 비말이 내게 튀었던 게 아닐까. 그렇다고 해도 설마 이렇게나 빨리. 다시 손끝과 발끝을 살펴봤다. 분명 옅은 푸른빛이 돌고 있었다.

꿈인가.

아니었다.

하루 종일 불길한 기분에 사로잡혀 있었던 이유를 알 것 같았다. 비누 거품을 잔뜩 내 손과 발을 닦았다. 깨끗이 씻으면 지워지기라도 할 것처럼 닦고 또 닦았다.

*

매미 울음소리에 잠에서 깨어났다. 잠결에도 따라다니던 생각들이 한꺼번에 튀어나왔다. 나는 벌떡 일어나 화장대로 달려갔다. 밤새 뒤척여서 피부가 푸석하긴 했지만, 다행히 얼굴은 원래 내 얼굴색이었다. 손을 펴자 옅은 푸른빛이 도는 손가락이 눈에 들어왔다. 간밤에 샤워할 때와 똑같은 상태였다. 마지막 한 마디만 살짝 풀물이 든 것처럼, 일부러 신경 쓰고 보지 않는다면 알아차리기 힘들 정도로 아주 옅은 초록색이었다. 발가락도 마찬가지였다.

어떡하지.

감염된 걸까.

나처럼 젊고 건강에 별문제가 없는 사람들 중에는 별다른 증상 없이, 바이러스에 감염된 사실조차 깨닫지 못한 상태에서 자연히 치유되는 경우가 많고 전염력 또한 낮다고 했다. 최근에 발견된 새로운 변이종의 경우에도 피부색만 옅게 변할 뿐 특별한 조치 없이도 저절로 회복한 사람들이 있다고 했다. 체온을 재고 몸을 찬찬히 살펴봤다. 손끝 발끝이 옅은 푸른빛을 띠는 것 외에 컨디션에 이상한 점은 없었다.

대체 어디서.

병이 돌고 난 뒤로 집과 물류센터를 오간 것이 전부였다. 접촉한 사람도 물류센터에서 일하는 사람들뿐이었다. 그렇다면 그중 누군가에게 옮은 것이 분명했다. 증상이 없을 뿐 감염된 사람이 분명 있기는 하겠지. 하긴, 전국 곳곳에서 감염자가 계속 늘어나고 있는 마당에 내가 일하는 물류센터 사람들만 멀쩡하다는 게 더 이상한 일인지도 몰랐다. 서울에서 일하러 오는 사람들은 버스나 전철 같은 대중교통을 이용한 다음 통근 버스로 갈아탔는데, 그들이 대중교통에서 마주친 사람들 중에 감염된 사람이 없으란 법은 없었다. 특히 통근 버스가 출발하는 방화역은 지하철 5호선, 즉 공항으로 연결되는 노선에 속해 있었다. 외국에서 바이러스와 함께 입국한 누군가가, 혹은 그 누군가에 의해 감염된 또 다른 누군가가 전철에 탑승했을 가능성이 있었다. 그게 아니더라도 가족에게, 혹은 직장 동료에게, 혹은 같은 엘리베이터를 이용하는 이웃에게 감염된 누군가가 전철역 에스컬레이터 손잡이에, 버스 의자에, 혹은 공중화장실 같은 곳에 바이러스를 남겼고, 그 바이러스가 다시 물류센터에 일하는 사람에게 들러붙었고, 우연히 그 사람이 통근 버스에서 내 옆에 앉았다거나, 혹은 그 사람이 입었던 방한복을 내가 그대로 입었다거나, 혹은 저녁 식사를 할 때 근처에 앉았다거나 했을 가능성이 충분했다. 이런 식의 시나리오는 장소를 바꾸거나 등장인물을 바꿔가며 끝도 없이 쓸 수 있었고, 결국 사람과 사람이, 우리 사회가, 아니, 전 세계가 그물망처럼 연결돼 있다는 사실에 머리가 아찔해

그토록 푸른

졌다.

어쩌지.

진료소에 가면 당장 물류센터가 폐쇄되겠지. 그리고 기사가 나겠지. 언젠가 팀장이 했던 말이 떠올랐다. 절대 확진자가 나와서는 안 된다고 했던 말. 물류센터가 폐쇄됐을 때의 피해액은 물론, 회사의 이미지가 추락해 경쟁 업체에 고객을 빼앗길 때 생길 손해까지 따져보면 절대로 확진자가 나와서는 안 된다고 했던 말. 다시 생각해보니 그 말의 속뜻은 '예방'이 아닌 '침묵'처럼 느껴졌다.

화장대 서랍을 열었다. 몇 번 쓰지 않고 넣어둔 파운데이션을 다시 꺼냈다. 점을 가릴 만큼 커버력이 뛰어나 피부 트러블이 일어날 때 사용하던 화장품이었다. 케이스를 열고 퍼프에 내용물을 묻힌 다음 손끝에 적당히 펴 발랐다. 감쪽같았다. 좀 더 지켜보다가 상태가 나빠진다 싶으면 그때 어떻게 할지 다시 생각해보기로 했다. 이게 나를 위한 일이고, 물류센터를 위한 일이고, 물류센터에서 지급하는 일당에 생계가 걸린 수많은 사람들을 위한 일이었다.

카카오톡을 열고 어제 보낸 메시지를 복사해 날짜만 바꾼 다음 전송 버튼을 눌렀다.

— 8월 XX일 / F조 / 야간 / 주소영 / 31세 / 김포.

*

통근 버스 출입문이 열렸다. 무료한 얼굴을 한 직원이 올라와 맨 앞에 앉은 사람에게 문진표를 건넸다. 직원이 앞쪽부터 차례대로 체온을 재는 동안 나는 문진표를 작성했다. 습관적으로 체크 표시를 하다 마지막 항목에서 멈칫했다.

• 손이나 발끝에 푸른빛이 돈다.　　□예　　□아니오

손끝을 바라봤다. 파운데이션을 바른 덕분에 손가락은 겉으로 보기에 아무런 문제가 없었다. 직원은 내쪽으로 한 칸씩 다가왔고, 가까이 올수록 손바닥에서 자꾸 땀이 났다. 혹시라도 파운데이션이 지워지지 않았을까 살펴보는 사이 내 차례가 됐다. 체온계가 이마 쪽으로 다가왔고, 나는 눈을 꾹 감아버렸다. 집에서 쟀을 땐 괜찮았는데, 그사이에 열이 오르지는 않았을지 걱정됐다. 기기에 표시된 숫자를 확인하고 직원은 내 손을 바라봤다. 나는 손등이 잘 보이도록 두 손을 모아 높이 들어 올렸다가 다시 손바닥이 잘 보이도록 뒤집었다. 포슬린 컬러의 손은 내 것이 아닌 다른 사람의 것 같았다. 직원이 고개를 끄덕이고 문진표를 수거한 다음 돌아섰다. 여전히 심장이 거세게 뛰었지만 태연한 척 천천히 짐을 챙겼다.

"저기요."

직원이 돌아서며 내 쪽으로 다가왔다. 침을 삼켰다. 대답을 하려고 했지만, 목에 뭔가 꽉 막힌 듯 말이 나오지 않았다.

"여기, 체크 안 했네요."

직원이 문진표를 보여주며 손가락으로 마지막 항목을 가리켰다.

"아, 그러네요."

그제야 말이 나왔다. 나는 '아니오'에 체크한 뒤 문진표를 건넸다.

*

냉동 만두를 바구니에 담고, 주변을 돌아봤다. 아무도 없는 걸 확인하고 주머니에 손을 넣었다. 슬며시 거울을 꺼내 모자와 마스크 사이로 드러난 얼굴을 빠르게 비춰 봤다. 나도 모르는 사이 온몸이 푸른색으로 변해 있을 것만 같은 불안감에 수시로 거울을 들여다봤다.

바구니에 상품을 담을 때마다 물건을 받게 될 사람들을 생각했다. 냉동 피자, 아이스크림, 냉동 과일을 받게 될 사람들. 알지 못하는 사람들이지만 어쩐지 그들에게, 그리고 그들과 연결된 수많은 사람들에게 미안한 마음이 들었고, 그때마다 마스크를 더 단단하게 고정하거나 집에서 챙겨온 소독제를 수시로 장갑에 뿌렸다.

집에 돌아와 샤워를 하면서 몸을 살폈다. 손가락과 발가락은 어제와 똑같이 옅은 푸른색이었다.

*

눈을 떴을 때, 세상이 고요했다. 고요 속에서 잠을 깨는 게 낯설어 잠시 멍하니 누워 있다 시계를 봤다. 오전 10시를 훌쩍 넘긴 시간이었다.

창문을 열었다. 창문에 바짝 붙어 있던 뜨거운 공기가 밀려들어오며 숨통을 막았다. 입을 크게 벌리고 숨을 들이마시며 바깥을 살폈다. 세상은 평소와는 다르게 침묵으로 가득했다. 2층 창밖으로 고개를 내밀었다. 다세대주택만큼 키가 큰 나무 아래로 시커먼 무언가가 잔뜩 떨어져 있었다. 아침마다 요란하게 울어대던 매미들의 사체였다.

체온은 여전히 정상이었다. '손이나 발끝에 푸른 빛이 돈다'는 항목에는 '아니오'에 체크하고, 방한복과 방한화와 장갑을 꼼꼼히 소독한 다음 일을 시작했다. 도시락을 먹을 때도 물류센터에서 지급한 면장갑을 끼고 사람들이 없는 곳에 혼자 떨어져 앉아 평소보다 빠른 속도로 밥을 넘겼고, 밥을 먹고 나면 내가 앉았던 자리에 소독제를 뿌렸다. 이렇게까지 해야 하나, 하는 생각에 가끔 밥이 목에 걸리기도 했지만…… 이렇게라도 버텨야 한다는 생각을 하며 꾸역꾸역 밥을 밀어 넣었다.

　　저녁을 먹고 새로 들어온 주문서를 확인했다. 냉동 수산물 코너에서 권영희 씨의 주문서가 붙은 바구니에 노르웨이 고등어와 칵테일 새우를 담고, 최현진 씨의 주문서가 붙은 바구니에 모듬 해산물을 담은 다음, 바구니가 쌓인 카트를 밀고 냉동 정육 코너로 이동했다.

　　　　　　　그토록 푸른

희미하게 떠 있는 피비린내를 맡으며 나는 걸음을 멈췄다. 붉은 고기가 쌓여 있는 통로 끝에 커다란 자루가 떨어져 있었다. 미간을 찌푸렸다. 일 처리가 꼼꼼하지 못한 누군가를 대신할 생각으로 다가갔을 때, 그것이…… 사람이라는 걸 깨달았다. 버려진 자루처럼 누워 있는, 커다란 방한복과 방한화가 어울리지 않는, 몸집이 아주 작은 사람이었다.

"저기요."

나는 선뜻 가까이 가지 못하고 조심스럽게 말을 걸었다. 대답은 없었다. 움직임도 없었다. 방패라도 되는 듯 카트를 앞세우고 다가서자 모자와 마스크 사이로 앳된 얼굴이 보였다. 잠을 자는 듯 고요한 얼굴이었다. 심장이 크게 한 번 내려앉았다가 빠르게 뛰기 시작했다. 나는 카트를 내버려둔 채 달렸다.

"팀장님."

멀지 않은 곳에서 팀장을 발견했다. 하마터면 큰 소리로 부를 뻔했지만, 호흡을 가다듬고 다가가 조용히 말을 붙였다.

"저쪽에 누가 쓰러져 있어요."

잠시 내 눈을 바라보던 팀장이 말없이 앞장섰다. 나는 재빨리 그녀를 뒤따라갔다.

정육 코너에는 아무렇게나 놓인 카트와 여전히 같은 자세로 누워 있는 사람이 있었다. 팀장이 긴장한 얼굴로 나를 돌아보다가 걸음을 옮겨 쓰러진 사람 옆에 쭈그리고 앉았다. 커다란 방한복 때문에 숨을 쉬는지 아닌지 쉽게 알 수 없는 듯했다. 망설이던 팀장이 쓰러진 사람의 마스크를 살짝 내렸다. 순간, 팀장과 나는 똑같은 표정으로 서로를 바라봤다. 팀장이 멈췄던 손을 다시 움직여 마스크를 벗겨냈다. 매끈하고 뽀얀 얼굴 아래로 마스크를 썼던 자리만 다른 빛을 띠고 있었다. 푸르게 변해버린 뺨과 코와 턱에 파운데이션 얼룩이 남아 있었다. 팀장이 주머니를 뒤져 티슈를 꺼냈다. 쓰러진 사람의 눈가를 닦아내자 파운데이션이 지워지며 진한 녹색 피부가 드러났다. 명치에서 뜨거운 것이 울컥 치밀었다. 나는 그토록 서글픈, 그토록 참담한 푸른빛을 본 적이 없었다. 팀장은 굳어버린 듯 멍하니 있

그토록 푸른

었고, 손에 들린 티슈가 규칙적으로 흔들리는 것으로
보아 쓰러진 사람이 아직 숨을 쉬고 있다는 걸 알 수
있었다.

　"이제 어떡하죠?"

　질문을 던지는 순간에도 나는 물류센터 폐쇄라든
가 원룸 월세, 카드 이용 대금 명세서 같은 것들을 떠
올렸다. 팀장은 고개를 돌리고 생각에 잠겼다. 그 눈빛
에 많은 것들이 스쳐 지나갔다.

　마침내 팀장이 내 눈을 바라봤다. 그리고, 천천히
입술을 열었다.

특별재난지역

·

김유담

김유담

2016년 《서울신문》 신춘문예에 「핀 캐리」가 당선되어 작품 활동을 시작했다. 소설집 『탬버린』으로 신동엽문학상을 수상했다.

1.

돌아오는 봄에는 미나리깡에 가기로 했다. 한재 미나리 재배 단지 내에 미나리와 삼겹살을 즉석에서 먹을 수 있는 비닐하우스가 여러 동 있었다. 삼겹살만 두어 근 끊어다가 밭에서 갓 딴 싱싱한 미나리와 곁들여 구워 먹는 것은 일남 가족의 연례 행사였다.

"미나리깡은 은제 가노?"

부친의 물음에 일남은 아직 한두 달은 더 있어야 한다고 답했다. 대명은 치매로 정신이 오락가락하면서도 먹는 이야기를 할 때만큼은 의욕이 넘쳤다. 미나리깡에서 먹는 삼겹살 구이는 별미 중에 별미였다.

"그라믄 그때 나가가 소싸움도 긔경하고, 집에도

한번 들다본다 카이. 느그 어매가 기다릴 낀데."

아버지가 요양병원에 들어간 후로 당신이 살던 집은 내내 비어 있다고, 실은 부동산 중개소에 내놓은 지도 여러 해 됐는데 팔리지 않아 골치가 아프다고, 어머니는 이미 50년 전에 저세상으로 떠나 그곳에서 남편을 기다리는 중이라는 말을 일남은 차마 하지 못한 채 고개를 저었다.

"소싸움을 우째 갑니꺼. 아부지 기저귀 차고 거까지는 몬 간다."

"와? 삳바 찬 영감쟁이는 소싸움 하는 데 오지 말라꼬 누가 써붙이 놓기라도 했나!"

대명이 역정을 내며 휴게실이 쩌렁쩌렁 울리도록 소리를 질러댔다. 일남 대신 경호가 나서 대명을 달랬다.

"가입시더, 장인어른예. 못 갈 게 뭡니까. 지가 모시고 가겠심더."

"니 참말이가? 점빵은 우짜고?"

"참말로 가입시더. 점빵은 하루 놀믄 되지예."

경호에게서 평소와는 다른 대답이 튀어나왔다. 경호는 자전거 가게를 하루라도 쉬면 큰일 나는 줄 아는 사람이었다. 30년 넘게 명절과 벌초하는 날 외에는 쉬는 날 없이 살다가 4년 전 환갑을 맞으면서부터 일요일에는 문을 닫기로 했지만, 휴대전화 번호를 가게 앞에 붙여놓고 누가 찾으면 바로 자전거를 타고 가게로 달려갔다. 책임지지 못할 말부터 내뱉는 남편이 일남은 영 못마땅했다. 외출증을 끊고 나가 밥 한 끼 먹고 들어오는 것까지야 큰 부담이 없었지만, 소싸움까지 보려면 외박을 해야 할 텐데 대명을 집에 데려가 하룻밤 재우는 건 간단한 일이 아니었다. 밤마다 치매 증세가 심해져 소리를 지르고 욕설을 해대는 통에 요양병원 의료진들 사이에서도 악명이 높은 노인이었다.

"진짜 갈 끼제?"

"고만하고 이거나 드이소."

재차 확인을 하려 드는 대명의 말을 막으며 일남은 국그릇에 담긴 닭다리를 손으로 찢어 그의 입안에 넣어주었다.

"맛나다. 집에 가믄 맨날 묵을 낀데."

"그거는 안 될 일이고예, 담번에 올 때 아부지 잡숫고 싶은 거 또 해 올 끼예. 마이 드이소."

대명은 앉은 자리에서 일남이 고아 온 닭 한 마리를 다 먹고도 입맛을 다셨다. 일남은 자신의 음식을 맛있게 먹는 아버지를 보는 것이 마냥 기쁘지만은 않았다.

"장인어른 잡숫는 거 보이까, 백 살까지는 충분히 사시겠는데예."

오늘따라 경호는 속없는 소리만 했다. 일남은 대명의 나이를 헤아려보았다. 아흔둘, 이미 너무 많지 않은가. 백 살이라니. 백 살까지 여기에 갇혀서 남은 생을 보내라니, 그건 악담이나 다름없었다. 대명이 이곳에 들어온 지도 벌써 2년이 가까워지고 있었다. 솔직히 부친이 요양병원에서 이렇게까지 오래 버틸 줄은 몰랐다. 너무 길어져서는 안 될 일이라고, 일남은 속으로 생각했다. 그러면서도 일남은 매주 주말이면 대명에게 먹일 음식을 해다가 날랐다. 기력 보충에 좋은 보양식 위주였다.

휴게실 벽면 중앙에 놓인 텔레비전에서 급박한 목소리로 뉴스를 전달하는 앵커의 목소리가 흘러나왔다. 중국 우한에서 폐렴 바이러스가 퍼지면서 중국 전역이 난리가 났고, 우리나라도 확진자가 스무 명이 넘었다는 뉴스였다.

"우리도 마스크 끼야 되는 거 아이가. 집에 마스크 사놓은 거 좀 있나."

뉴스 화면을 바라보며 경호가 말했다.

"전에 미세먼지 심하다꼬 마스크 끼라 캐도 답답하다믄서 싫다고 해놓고, 마스크는 무신. 중국이 여어서 을매나 먼데. 청도는 청정 지역이라서 괜않습니다."

일남의 말에 옆 테이블 가족들이 빙긋 웃었다. 휴게실에는 주말을 맞아 환자 면회를 온 보호자들이 여럿 있었고, 그중에 마스크를 쓴 사람은 아무도 없었다.

경호가 빈 그릇들을 챙기는 동안 일남은 물티슈로 대명의 입 주변에 묻은 닭 국물을 닦아주었다.

"아부지, 다음 주에 또 올 끼라예. 다음 주에는 추

어탕 끓이 올 끼니까 잘 계시이소.”

일남의 말에 대명이 고개를 끄덕였다. 그것이 부녀의 마지막 대화였다.

2.

— 할머니 언제 와?

일남은 가영이 보낸 카카오톡 메시지를 확인하려고 휴대전화를 얼굴에서 멀찍이 들고 눈을 가늘게 떴다.

— 간다. 기다려라.

언제 올 거냐는 질문에는 정작 제대로 답하지 않은 채 메시지를 보냈다. 번호표를 배부 받은 지 이미두 시간이 지났는데 마스크 판매는 아직 시작될 기미조차 보이지 않았다. 집에 잠시 다녀올까 생각하다가 그사이 마스크 파는 창구가 열려 순서를 놓칠까 봐 우체국 건물 주변을 뱅뱅 돌고 있는 중이었다. 실내에서 코로나19 바이러스 감염 위험이 더 높다는 말에 우체국 안으로 들어가기도 찜찜했다. 일남은 패딩 점퍼에 달린 모자를 앞으로 당겨 쓰면서 주머니에 손을 깊숙이 집어넣었다. 2월 중순 입춘이 지나도 아직 바람이 찼다. 우체국 앞 인도와 길 건너편까지 마스크를 낀 사람들이 몰려들어 서성이고 있었다. 꽤 많은 인파였지만 모두 팔을 뻗어도 닿지 않을 정도의 거리를 유지하면서 누구에게도 말을 걸지 않았다.

　—할머니, 배고파. 천하장사 소시지 먹을게요.

　가영이 다시 카톡을 보냈다.

　—밥 먹었잖아. 소시지 이제 없어.

　—그래도 배고파. 김치냉장고에 숨겨놓은 거 봤는데, 하나만 꺼내 먹을게. 네?

　—그래, 알겠어.

　하나만 먹겠다고 했지만, 아마 아이는 하나로 성에 차지 않을 것이다. 가영은 어려서부터 먹성이 좋아 또래보다 체격이 크고 발육이 좋았다. 먹는 게 시원치 않고 늘 비실대던 제 애비와는 달리 뭐든 잘 먹어서 일남은 신이 났고 달라는 대로 음식을 내줬다. 아이 입에 먹을 것을 대느라 하루가 모자랄 지경이었다. 이제 좀 그만 먹이라고, 식습관을 고쳐야 한다는 이야기를 주변에서 듣기 시작하면서 일남이 간식을 줄이려 하는데도 가영은 뭐든 더 먹겠다고 떼를 쓰곤 했다. 갓 열 살이 되어 신학기부터 초등학교 3학년이 되는 가영은 벌써 몸무게가 45킬로그램이 넘으면서 가슴도 나오고 있었다. 아무래도 브래지어를 사 줘야겠다고 생각했다. 가영의 말로는 러닝셔츠에 브래지어도 같이 달린 속옷이 있다는데, 그런 것은 어디서 사는지 대전 사는 딸 상희에게 전화를 걸어 물어보려다가 멈칫했다. 상희는 보름 넘게 일남의 전화를 받지 않고 있었다. 연락은 최소한으로, 용건만 간단히. 상희의 요구 사항을 떠올리면서 카카오톡으로 메시지만 보냈다.

　—가영이 브라자 사 줄라 하는데, 어데서 사노.

　답이 없을 줄 알았는데 상희가 바로 전화를 걸어왔다.

　"엄마 어디에요? 괜찮아요? 지금 청도 난리던데."

"윽수로 빨리 물어본다. 지금 청도 난리도 아인 기라, 내 지금 우체국에 마스크 사러 나왔다 아이가."

"어떡해, 밖에 나가도 되는 거예요?"

"집에만 있다가 마스크 사러 잠깐 나온 기라. 마스크가 몇 장 없어가 불안해가꼬. 대전은 어떻노. 니가 마스크 좀 구해주믄 안 되겠나."

"엄마, 여기도 마스크 다 품절이래요. 저도 애들이랑 밖에 나가지도 못하고 집에만 있어요."

"인터넷으로 산다 카던데. 희숙이는 저거 딸이 마스크 백 장을 구해갖고 집에 부치줏다 카드라. 열 장만 내한테 팔라 캐도 딸이 힘들게 구한 거라 카믄서 싫다 안 카나. 자랑을 하지나 말든지. 이서댁이도 며느리가 마스크 스무 장 주문해줬다꼬 하대. 니는 머 하고 있노. 내가 연락해도 받지도 않고, 엄마 걱정도 안 되드나?"

오랜만에 딸과 통화가 연결되어 반가운 마음은 잠깐이고 다시 평소처럼 거친 말이 튀어나왔다. 사실 그게 일남에게는 반갑다는 표현이었다.

"엄마, 또 시작이시네요. 제가 이래서 당분간 서로 거리 두고 살자고 한 거잖아요."

상희가 차갑게 말했다. 상희는 지난해 연말 심리 치료인가 뭔가를 받기 시작하면서 일남을 대하는 태도가 백팔십도 달라졌다. 냉랭하고 쌀쌀맞아졌달까, 상희가 앞으로는 특별한 용건 없이 전화를 걸어 하소연하지 말라며 단호한 어투로 말했을 때 일남은 어안이 벙벙해졌다. 나만큼 저를 걱정하고 위해주는 사람이 어디 있다고, 억울한 노릇이었다. 엄마가 제게 준 상처를 들여다보는 치료를 하고 있다며 앞으로는 착한 딸로 살지 않겠다고 선언하는 상희를 일남은 이해할 수 없었다.

"엄마, 아들한테는 이런 거 대놓고 해달라고 못하죠? 왜 마스크 구해 드리는 건 딸이나 며느리여야 해요?"

"상진이 갸는 지금 바쁘다 아이가. 당장 시험이 코앞인데."

상희가 코웃음을 쳤다.

"아니, 지가 낳은 새끼 키우지도 않고 제 한 몸, 제 입만 챙기면서 공부만 하는 애가 뭐가 바빠요? 코로나 때문에 아무 데도 못 나가는 열두 살, 아홉 살 아이 둘 건사하면서 저는 시간이 남아도는 줄 아세요?"

"그래, 안다. 나도. 내가 와 모르겠노."

그러니까 니도 내 마음 좀 알아주면 안 되겠나, 하는 말까지는 못 하고 일남은 한숨을 쉬었다. 마스크에 더운 김이 닿자 얼굴에 땀이 차올랐다.

3.

상희는 일남이 동생 상진과 저를 어려서부터 차별했고, 상진만 특별 대우를 받고 컸다며 격앙된 어조로 말했지만 일남은 그저 상진이 안쓰러웠다. 알아서 잘 해줬던 상희와는 달리 상진은 계속 길을 잃고 허우적대는 것만 같았다.

상진은 공부를 잘했다. 전교에서 다섯 손가락 밖

으로 밀려난 적이 없었다. 그런 아들이 이름도 처음 들어보는 대학에 간다고 했을 때 일남은 허파가 뒤집어지는 것처럼 속이 상했다. 상진이 합격한 대학이 서울의 유명 대학이라고는 했지만 일남은 입학원서를 쓸 때 처음 들어본 대학이었다. 거기도 좋은 뎁니더. 청도에서 그 정도 했으면 잘 갔네. 사람들이 위로랍시고 건네는 얘기가 위로처럼 여겨지지 않았다. 그래도 상진에게 속상한 티를 내지는 않았다. 상진은 1학년을 마치자마자 군대에 다녀온 후로 행정 고시를 준비했지만 합격하지 못했다. 대학 졸업 후 3년 넘게 고시에 매달리다가 나중에는 노량진으로 거처를 옮겨 7급, 9급 공무원 시험을 봤다. 일남은 사무관이 될 줄 알았던 아들이 7급 공무원에 응시한다는 것 자체만으로도 속이 쓰렸다. 그때까지만 해도 일남, 경호 부부는 상진에 대한 기대를 버리지 못했다.

상진이 노량진 고시촌에서 여자와 동거를 하고 있을 거라고는 상상도 하지 못했다. 백일도 되지 않은 가영이를 안고 청도에 찾아온 아이 엄마는 끝까지 당당

했고, 조금도 거침이 없었다. 전세든, 반전세든 힘닿는 대로 돈을 융통해 신혼집을 얻어줄 테니 우선 결혼부터 하고 시험 준비를 하는 게 어떻겠느냐고, 공부를 하는 동안 가영이는 우리가 키워줄 거라고, 걱정 말고 공부만 하라는 일남의 말에 아이 엄마는 상진과 이미 헤어진 사이라며 딱 잘라 말했다.

"오빠를 뭘 믿고요? 상진 오빠는요, 가장 결정적인 순간에 결정을 회피하고 도망가버리는 사람이에요. 제가 그걸 모르고 제 발등을 찧었어요. 이 아이도 낳으려고 낳은 게 아니라 오빠가 우물쭈물하다가 수술할 타이밍을 놓쳐버린 거였어요. 저 역시 막상 심장이 뛰고 있는 아이를 어떻게 한다는 게 쉽지가 않아서 결국 낳았고, 어떻게든 잘 살아보려고 했는데, 이제는 정말 아니라는 생각이 들어요. 그러고 보니 오빠는 결정적인 순간에 결정을 회피하는 수준을 넘어서, 그저 모든 결정을 회피하는 사람이라고 하는 게 더 정확하겠네요."

아이 엄마는 갓 대학을 졸업했다는데 얼굴은 그보다 더 앳되어 보였다. 끝까지 아들 탓만 할 뿐 저는 잘

못이 없다는 젊은 여자의 태도에 일남은 화가 치밀어 올랐다.

"그래 좋다. 우리도 싫다는 사람 안 붙든다. 그라 믄 니 앞으로 이 알라 안 보고 살 자신 있나? 마음 돌리 묵고 상진이 말고 이 핏덩어리를 봐갖고 니가 다시 생각해주믄 안 되겠나."

지금 돌아서면 영원히 가영이를 못 보게 될 거라고 말하며 일남은 눈을 부라렸다. 그런 말에도 여자는 눈 하나 깜짝하지 않았다.

"그만한 각오도 없이, 제가 지금 이 핏덩이를 안고 여기를 찾아왔겠어요?"

가영이를 잘 부탁한다는 말을 하면서는 여자의 목소리가 조금 떨렸다. 돌아가는 길에 청도역 개찰구 앞에 서서 역이 떠나가라 엉엉 울더라는 이야기는 나중에 이웃을 통해 들었다. 하지만 그 후로 지금까지 소식 한 번 없었다. 상진에게는 아무런 희망이 보이지 않는다며 악담을 하고 떠난 여자 때문인지 이후로 상진은 정말 일이 풀리지 않았다. 서른 살 넘어까지 공무원 시험 준비를 하다가 접은 다음, 서울에서 직장 생활을 시작했지만 얼마 못 버티고 나왔다. 답답한 마음에 경호가 친척에게 부탁해 구미 공단에 있는 중소기업에 넣어주기도 했는데 거기마저도 제대로 적응하지 못했다. 삼십대 중반이 되어 공무원 시험에 다시 도전하겠다는 아들을 말리지 못한 것은 딱히 다른 대안이 보이지 않아서였다. 상희는 일남이 상진을 너무 떠받들어 키운 게 문제라고 했고, 경호는 일남이 상진에게 너무 신경을 쓰지 않아서 아들이 저렇게 됐다고 비난했다.

일남은 아들을 미혼부로 만들고 떠난 가영 어미가 모든 것을 망쳐버린 것만 같았다. 그래도 아이를 진짜 안 보여줄 생각은 아니었는데, 가끔 찾아와서 얼굴이라도 보고 살지. 일남은 연락 한 번 하지 않는 여자가 독하기 짝이 없다며 욕하다가도, 상진이 새 출발을 하려면 가영을 중간에 두고 그 여자랑 왕래를 하는 일은 차라리 없는 게 낫다고 말을 바꾸곤 했다. 그러니까 상진은 얼마든지 새 출발을 할 수 있을 거라고, 손녀가 상진의 발목을 잡아서는 안 된다고, 그러기 위해서는 자신이 굳건하게 잘 버텨야 한다고, 일남은 마음을 다 잡았다.

4.

삐- 하는 경고음이 안방과 부엌, 거실에서 동시에 울려 퍼졌다. 벌써 청도에서 103번째 확진자가 발생했다는 긴급재난문자였다. 일남은 이 좁은 동네에서 하루에 수십 명씩 확진자가 쏟아지고 있다는 소식에 모골이 송연했다. 확진자의 대부분이 집 근처 대남병원과 관련된 사람들이었다.

"장인어른도 대남병원에 모실 뻔했는데, 클 날 뻔했다."

휴대전화를 들여다보며 경호가 말했다. 다행히 대명이 있는 요양병원에서는 확진자가 나왔다는 소식이 들리지 않았지만 면회가 전면 금지됐다. 텔레비전 뉴스에서는 청도 대남병원이 얼마나 시설이 열악하고 관리가 허술한지 연일 보도되고 있었다. 대명을 대남병원이 아닌 청도 읍내에서 차로 30여분 거리에 있는 요양병원에 모신 것은 시설이나 의료진 때문이 아니었다. 일남은 대남병원이 너무 가까워서 싫었다. 늦은 밤 창문을 열면 병원의 간판 불빛이 어른거리는 게 보일 정도로 지척의 거리에 부친을 두고는 편하게 잠들 수 없을 것만 같았다. 치매 걸린 부친이 갇혀 지내면서 죽음만을 기다리는 건물을 그냥 지나치기도, 그렇다고 매일 찾아갈 자신도 없었다.

"점심은 뭐꼬?"

경호가 일남을 쳐다보며 물었다. 아침 설거지를 하고 가영과 경호에게 사과를 깎아 준 다음, 믹스커피를 한 잔 타 마시고 돌아서니 벌써 12시 가까운 시각이었다.

"벌써로 시간이 이래 됐나, 아까 가영이가 김치볶음밥 해달라 카던데."

아침에 김치냉장고에서 김치통 하나를 꺼내 헐어 김치찌개를 끓였더니 가영이 제 입에 너무 맵다고 투

덜거렸다. 아이를 달래며 점심에는 좋아하는 볶음밥을 해 주기로 약속했다.

"볶음밥은 너무 기름지가 파이다. 딴 거 묵자."

일남은 가영에게 김치볶음밥을 해주고 경호가 먹을 김치김밥을 따로 싸야겠다고 생각했다. 평소라면 경호는 가게로 출근해 밖에서 점심을 해결했을 것이다. 경호는 사흘 째 자전거 가게에 나가지 않고 있었다. 소상공인 지원금을 받으려면 영업을 중단해야 한다는 소문이 돌면서 경호는 가게 문을 닫았다. 정확히 얼마나 영업을 쉬어야 하는지, 지원금이 얼마인지는 아무도 몰랐다. 군청에 물어봐도 정해진 것은 없다고 했고, 그저 주변 상인들 사이에서 확인되지 않은 말만 돌았다. 좁은 동네에 확진자가 대거 쏟아지면서 길거리에 사람 찾아보기가 힘들었다. 어차피 가게에 찾아올 사람이 없다는 걸 알면서도 경호는 초조하고 불편한 기색이었다. 이렇게 오래 쉬어본 것은 가게를 개업한 이래로 처음이었다. 경호는 거실을 한참 서성이다 현관에 쪼그려 앉아 몇 켤레 되지도 않는 신발을 다시 가지런히 놓으며 정리했다. 그러고는 신발장을 활짝 열어젖혀놓고 혀를 끌끌 찼다.

"여, 와봐라. 신발장 이기 머꼬? 옳게 거꾸로 난리도 아이네. 구신 나오겠다. 다 내삐리고 정리해라."

앞치마를 두른 채 현관에 불려 나온 일남은 경호가 안 하던 짓을 하며 성가시게 군다는 생각이 들었다.

"상희, 상진이 갸들 신발이 절반 이상입니더. 내 끼 아인데 내 멋대로 우째 버리라 캅니꺼."

"니는 아아들이 집 떠난 지가 언젠데 신발을 아직도 끼고 있나. 다 내삐리뿌라. 아직도 안 찾아가믄 필요 없다는 기지. 말 나온 김에 지금 치아라."

경호가 언성을 더 높였다.

"별거를 다 트집이네. 놔두소."

일남은 귀찮다는 듯 손사래를 쳤다. 눈뜨면 가게로 뛰쳐나가기 바빴던 사람이 집에 있으니 별 지청구를 다 듣게 한다는 생각에 짜증이 치밀어 올랐다.

"니 지금 트집이라 캤나!"

경호가 버럭 소리를 질렀다. 일남도 지지 않고 대

거리를 하려는데 가영이 울 것 같은 표정으로 두 사람을 바라봤다.

"가영이 보고 머라 카는 거 아이다. 니는 신경 쓰지 마라."

경호가 흠칫하며 어색하게 웃었다. 험악한 눈빛도 다시 누그러졌다. 엄하고 무뚝뚝한 성격의 경호였지만 가영에게만큼은 약했다.

경호는 자전거라도 한 바퀴 타고 와야겠다며 현관문을 세게 닫으면서 나가버렸다. 일남은 경호가 밖으로 나가자 갑자기 집이 넓어진 것처럼 숨통이 트였다. 이 집이 원래 좁은 집이 아닌데, 요즘 들어 너무 좁게만 느껴졌다. 그러는 와중에도 저녁 메뉴는 뭘 해야 하지 하는 고민이 일남의 머릿속을 떠나지 않았다. 김치 한 통을 헐었으니 남은 김장김치도 빨리 처리해야겠다 싶어 냉동실에 있는 등갈비를 꺼냈다. 저녁은 김치등갈비찜으로 정했다. 부친도 좋아하는 음식이니, 일부를 덜어 내일 요양병원에도 싸 가야겠다고 계획하며 갈비를 넉넉히 꺼내 물에 담갔다. 그날 저녁 일남은 하루 종일 김치를 썰어대느라 벌건 김칫국물이 빠지지 않고 있는 도마를 물로 씻어내다가 요양병원 면회가 전면 금지됐다는 사실을 그제야 기억해냈다.

뼈와 뼈 사이로 칼을 집어넣어 등갈비를 토막 내며 일남은 저도 모르게 끙 하고 앓는 소리를 내뱉었다. 오른쪽 어깨에 통증이 느껴지면서 팔에 좀처럼 힘이 들어가지 않았다. 나도 늙었나. 평소라면 거뜬했던 일들이 힘에 부쳤다. 먹이고 치우고, 먹이고 치우고. 그건 일남이 한평생 해온 일이었다. 50년 가까이 하면서 몸에 익은 일이라 생각했는데, 식구들과 종일 집 안에서 부대끼면서 세끼 밥을 꼬박꼬박 챙기는 것이 예전과는 달리 고단하고 버겁게만 느껴졌다.

일남은 열 살 때부터 부엌을 드나들며 집안 살림을 배웠다. 모친은 아홉 살 터울의 남동생 정필을 낳은 직후부터 시름시름 앓았다. 지독한 산후풍이었다. 그때만 해도 할머니와 한집에 살던 시절이었다. 아들 낳은 유세 부리냐며 어서 일어나라고 할머니가 아무리 호통을 쳐도 어머니는 일어나지 못했다. 계속 하혈을 했고, 백일도 채 지나지 않아 유명을 달리했다. 일남은 어쩔 수 없이 할머니를 도와 어린 정필을 돌보고 부엌 살림을 살피게 됐다. 중학교 3학년이 되던 해 할머니마저 돌아가셨다. 아무도 고등학교에 가지 말라는 말을 하지 않았지만, 일남은 그냥 거기까지란 걸 알았다. 중학교를 졸업하자마자 일남은 집안의 안주인 역할을 해왔다. 대명은 밖에서 여자를 만나는 눈치였지만, 새 여자를 집에 들이지는 않았다. 평생 홀아비로 늙으며 어린 동생과 자신을 계모 밑에서 자라게 하지 않은 부친에게 일남은 미안하고 고마운 마음이 앞섰으나, 지금 생각해보면 집안에 다른 여자가 필요하지 않을 정도로 일남이 부친과 동생의 먹성과 입성을 잘 챙겨왔기 때문에 가능한 일이었다.

경호와 결혼한 것도 청도를 떠나지 않고 친정 근처에 살겠다는 약속 때문이었다. 경호가 넷째 아들이라 시댁에 대한 부담이 덜한 점도 마음에 들었다. 결혼 이후에도 일남은 두 집 살림을 하다시피 하며 부친을 챙겼다. 남동생 결혼까지 시키고 나면 조금 나아질

특별재난지역

줄 알았는데 장남인 정필이 필리핀으로 떠나면서 홀로
남은 부친은 일남의 몫이 될 수밖에 없었다. 정필도 먹
고살려고 먼 이국까지 날아가 고생하는 거라고, 내 부
모 챙기는 걸 힘들다고 해서는 안 될 일이라고, 일남은
이것도 팔자려니 생각하며 의연해지려고 애썼다. 그런
일남 앞에서 2년 전 잠깐 한국에 들어온 정필은 "사서
고생을 한다"며 혀를 끌끌 찼다.

"누부야가 안쓰러버가 카는 말이요. 이제 누부야
할 만큼 했으이 고만하고 아부지 요양병원에 보내드립
시데이."

더 이상 누나를 고생시키고 싶지 않아서 어려운
결정을 내린 거라며, 정필은 선심을 쓰는 것처럼 굴었
다. 부친을 돌보는 일이 보통 고생이 아니라고 말하면
서 자신은 그 고생과 끝까지 무관하다는 태도를 보이
는 정필이 일남은 괘씸했지만, 다른 방도가 있는 것도
아니었다. 가영만 아니었다면 부친을 끝까지 책임지겠
다고 나서봤을지도 모른다. 하지만 어린 손녀와 노부
를 동시에 감당하기는 어려운 일이었다. 여생이 얼마

남지 않은 아버지보다는 내 새끼, 그리고 내 새끼의 새끼가 더 중하다는 생각을 하며 일남은 모종의 죄책감에 시달렸다.

5.

가영이 온 후로 일남과 경호의 삶에서 우선순위는 모조리 손녀가 차지하게 됐다. 일남은 가영을 키우면서 애간장이 저민다는 말의 의미가 무엇인지 알게 됐다. 가영을 볼 때마다 간과 장이 녹아버릴 듯 아파왔다. 아이가 딱하다가도 원망스러웠고, 귀하면서도 성가셨다. 그럼에도, 이제 이 아이 없이는 살 수 없었다. 일남은 매일 가영이 좋아하는 음식을 해 먹였고, 말끔하게 씻겨 깨끗한 옷을 입혔고, 머리를 정성스럽게 땋아 학교에 보냈다. 그렇게 최선을 다해 가영을 사랑하면서도 아이와 길게 얘기를 나누지는 못했다. 그건 남편 경호도 마찬가지였다. 커갈수록 아이가 종알대는

특별재난지역

말을 잘 알아들을 수 없었고, 가영이 묻는 것에도 제대로 대답하기 어려웠다. 대화가 조금 이어지다가도 결국에는 나중에 아빠나 고모한테 물어보자는 말로 끝나버렸다. "피- 됐어. 스마트폰으로 찾아볼게." 공부 때문에 필요하다는 가영의 말에 최신형 휴대전화를 사줄 수밖에 없었다.

일남은 종종 악몽을 꿨다. 가영 에미가 갑자기 찾아와 아이를 데려가는 꿈이었다. 아무리 울며불며 잡아도 아이는 매몰차게 일남의 손을 뿌리치고 돌아서버렸다. 꿈속에서 아이 엄마의 모습은 매번 바뀌었다. 텔레비전에 나오는 유명한 탤런트의 얼굴로 나타나기도 했고, 늙고 추레한 모습으로 나타나기도 했다. 여자의 처지가 어떻든 상관하지 않고 가영은 매번 일남을 밀쳐낸 후 제 엄마를 따라나섰다. 그런 가영을 밤새 뒤쫓다가 잠에서 깨면 온몸이 땀으로 흥건해져 있곤 했다. 깊은 밤, 잠에서 깨자마자 작은방으로 달려가 아이가 잘 있는지 확인하고 나서야 일남은 안도했다. 그런 날이면 다시 잠들지 못하고 동이 틀 때까지 가영의 얼굴을 물끄러미 바라보았다.

"가영이 너거 엄마가 갑작시리 찾아와가 따라가자 카믄 우짤끼고? 백일도 안 되가 니를 내삐리고 간 엄마라도 따라갈 끼가?"

"안 가."

엄마라는 말만 나와도 가영의 얼굴은 굳었다. 아이가 싫어하는 질문이라는 걸 알면서도 일남은 재차 확인하고 다짐받으려 들었다.

"니 너거 엄마가 니보고 같이 살자카믄 갈 끼가? 할매, 할배랑 못 보고 살아야 되는데 그래도 따라갈 끼가?"

"안 간다. 나는 할매, 할배랑 계속 청도 살 거야. 어른 돼도 결혼 안 하고 할매랑 계속 살 거야."

"그거는 안 된다. 시집은 가야제. 아이고, 우리 강아지, 할매가 한분만 안아보자."

일남은 아이를 꼭 끌어안은 채 깊게 숨을 들이마셨다. 아이의 살냄새와 땀 냄새를 맡으며 두툼하게 살이 오른 등허리를 쓰다듬었다. 이 아이가 대학을 가려

특별재난지역

면 앞으로 10년, 대학 졸업하는 것까지 보려면 적어도 15년이 걸릴 것이다. 그때까지 자신이 건강해야 한다고, 자식들에게 짐이 되어서는 안 될 일이라고, 일남은 속으로 생각하며 아이를 감싸 안은 팔에 힘을 주었다.

6.

가영의 학교에서 개학을 연기한다는 문자메시지가 왔다. 대구, 경북 지역만 개학이 미뤄진다는 소문과는 달리 전국의 모든 학교의 개학이 연기됐다는 소식에 차라리 다행이라는 생각이 들었다. 예정대로 3월 초에 당장 개학을 한다고 해도 문제였다. 일남은 가영이 방학 숙제를 제대로 해놓지 못한 게 마음에 걸렸다. 가영은 방학 기간 동안 조손 가정, 다문화 가정 자녀들을 위한 돌봄 교실에 다녔는데, 코로나19가 확산되면서 청도 지역의 돌봄 교실 운영이 전면 중지됐다. 가영이 한 달에 15만 원씩 내고 다니던 공부방도 휴업 상태였다. 휴대전화 그만 보고 숙제 좀 하라고 해도 아이는 말을 듣지 않았다. 혼자서는 못 한다고, 돌봄 교실 선생님한테 물어봐야 하는데, 하고는 입만 삐죽거릴 뿐이었다.

일남은 가영을 앉혀놓고 숙제를 시켜보려 하다가, 더 이상 말이 통하지 않자 부엌으로 갔다. 냄비에서는 시래기가 끓고 있었다. 삶은 시래기를 넣고 추어탕을 끓여 대명에게 가지고 갈 생각이었다. 면회는 못 하더라도 간호사를 불러 추어탕이라도 건네야겠다고, 전화로 괴성을 질러대던 대명에게 해줄 수 있는 건 그것밖에 없어서 안타까웠다. 어젯밤 10시가 넘은 시각, 요양병원에서 전화를 걸어와 대명의 발작이 너무 심하다며 손발을 묶는 처치를 하겠다고 통보해왔다.

"최근 들어 치매 증세가 더 심해지셨어요. 식사도 거부하시고, 아무도 알아보지도 못하세요. 큰소리로 따님만 찾으시네요. 입원하실 때 이미 동의서에 사인하기는 하셨지만, 그래도 한 번 더 알려드려요. 안정제도 투여하겠습니다."

특별재난지역

간호사는 급박한 목소리로 말을 쏟아냈고, 대명의 고함이 간호사의 말소리와 함께 섞여서 들려왔다.

"일남이 오라 캐라. 일남이 어딨노. 에잇, 천하의 나쁜 년! 벼락 맞아 디질 년. 내를 내삐리놓고 일남이 어데로 도망갔노!"

병원으로 향하는 차 안에서도 대명의 목소리가 일남의 귓전을 계속 맴돌았다.

병원 로비에서 병동으로 전화를 걸면 대명은 못 만나더라도, 간호사 얼굴은 볼 수 있을 줄 알았다. 예전에도 몇 번 그런 적이 있었기에 어려운 일이 아닐 거라 생각했다. 대명의 식사가 시원치 않다는 연락을 받으면 일남은 정해진 면회 시간이 아니더라도 대명이 좋아하는 음식을 싸 와서 간호사에게 전달했다. 하지만 로비에서부터 출입을 저지당하자 일남은 당황했다. 어렵게 전화가 연결된 간호사실에서도 평소와 달리 차갑고 사무적인 말투로 기계적인 답변만 들려줬다. 외부인은 어떤 경우라도 출입이 허락되지 않으며, 외부 음식도 반입이 불가하다는 말이었다. 원래 청도가 이래 인심 사나운 동네가 아닌데, 일남은 문 닫힌 로비 앞에 서서 혼자 중얼거렸다.

일남은 묵직한 보온 도시락을 어깨에 멘 채 다시 집으로 돌아왔다. 걸을 때마다 추어탕 국물이 찰랑거리는 소리가 났다. 대문 앞 우편함에 마스크가 여섯 장 꽂혀 있었다. 그러고 보니 집집마다 통장이 마스크를 나눠줄 예정이라는 문자메시지를 받았던 기억이 났다. 일남은 귀중한 물품을 다루듯 조심스러운 손길로 마스크를 꺼냈다. 마스크를 손에 쥔 순간 갑자기 찜찜한 생각이 들었다.

'이거 나눠준 통장은 괜찮을라나. 통장 며느리가 신천지라는 소문이 있어가 이혼을 하네마네 동네가 시끄러웠는데……. 얼마 전에 설에 댕기러 온 거 보믄 이혼은 안 했지 싶은데. 신천지랑 접촉만 했다 카믄 확진자가 된다 카던데…….'

일남은 마스크 하나하나를 봉지째로 마당 빨랫줄에 걸어 말려놓은 후 집 안으로 들어갔다. 집 안은 고요했다. 자전거가 없는 걸 보니 경호는 밖에 나간 모양

　　　　特별재난지역

이었다. 일남이 나갈 때 제대로 인사도 하지 않고 거실에서 휴대전화만 들여다보던 가영도 보이지 않았다.

"가영이, 자나?"

작은방 문을 열어젖힌 일남은 순간 온몸이 얼어붙었다. 가영이 상의만 입고 벽을 보며 앉아 있었다. 팬티까지 벗고 맨바닥에 엉덩이를 붙인 채 다리를 벌리고 앉아 고개를 숙인 가영의 자세가 괴상하기 짝이 없었다.

"니 지금 뭐 하노?"

일남이 버럭 소리를 질렀다. 가영이 화들짝 놀라며 옆으로 꼬꾸라졌다. 급히 몸을 일으켜 팬티를 찾으러 기어가는 가영의 성기 안쪽이 유난히 붉어 보였다. 마치 누가 손으로 후빈 것처럼, 아니 어쩌면 손이 아닌 다른 것이었을 수도 있다는 생각이 일남의 머릿속을 스쳤다. 심장이 빠르게 뛰면서 등줄기로 땀이 흘렀다.

"니 여기 와 이렇노? 여어가 와 이래 뻘겋노? 가영아, 니 집에 있는 동안 누가 왔었나? 니 솔직하게 말해야 된다. 니 할매 없을 때 어디 나갔다 왔나. 누가 니한테 무슨 해코지했나. 누가 어디서 니 빤스 이래 벗기 드나?"

"그기 아니고."

가영이 우물쭈물하며 일남의 눈치를 봤다. 일남은 숨이 가빠왔다. 억지로 호흡을 가라앉히며 최대한 목소리를 내려깔았다.

"괘않다. 무슨 일이 있었는지 할매한테 솔직하게 말해라. 어떤 놈이고? 내가 그놈아 사지를 찢어놓을 끼다."

"할매 그기 아이고, 엄마가."

아이는 엄마, 라는 단어만 내뱉고는 울먹거렸다.

"엄마?"

예상 밖의 단어에 일남의 눈이 커졌다. 일남이 믿기지 않는다는 목소리로 다시 물었다.

"엄마가 와?"

"엄마가 내 보고 싶다고 해서."

"그기 무슨 소리고?"

일남은 마음을 가라앉혀야 한다고, 아이가 편하게

말을 할 수 있도록 차분하게 굴어야 한다고 생각하면서도 계속 언성이 높아졌다. 아이가 기어들어가는 목소리로 말했다.

"실은 엄마한테 얼마 전에 연락이 왔어요. 내 얼마나 컸는지 보고 싶다꼬. 그래서 얼굴 찍은 거랑 몸 전체 찍은 거, 잠옷 입은 거 사진도 찍어 보내주고 했는데. 잠지에 털 났냐고. 아직 안 났다니까 보고 싶다고, 확대해서 사진 찍어 보내달라고 해가지고……. 누가 만진 게 아니고, 내가 계속 벌려서 사진 찍으려고 하다가 벌겋게 됐나 봐요. 미안해요, 할머니. 근데 나 엄마 한 번도 안 만났어요. 만약에 만나게 되더라도 절대로 엄마 안 따라갈 거야. 나는 할매, 할배랑 여기 계속 살 거예요."

일남은 가영의 휴대전화를 낚아채 카카오톡 대화창을 열었다. 누군가 젊은 여자의 사진을 프로필로 내걸어 놓고 가영에게 친근하게 말을 걸어왔다. 자신을 엄마라고 밝힌 후 그간 너무 보고 싶었다는 말까지 하면서 가영의 약한 심리를 교묘하게 건드리는 낯선 사람에게 가영이 홀랑 넘어간 것이다. 처음에는 얼굴 셀카, 전신 사진을 보여달라고 하다가 점점 이상한 요구를 해왔지만 가영은 오히려 엄마와 연락이 끊길까 봐 두려워했다.

휴대전화를 쥔 일남의 손이 덜덜 떨렸다. 보이스 피싱으로 돈 보내달라 카는 사기꾼들 이야기는 들어봤어도, 열 살짜리 가스나 알몸 사진이 와 필요하다 카노, 이거는 듣도 보도 못한 기라. 숭악한 놈들, 고얀 놈들. 일남은 입술을 잘근 깨물며 가영에게 말했다.

"이거는 엄마가 아이다. 에미라면 절대 지 새끼한테 이런 거 보이돌라 안 칸다. 아주 나쁜 놈들이 지금 니한테 사기를 치는 기라. 그라이까 앞으로 사진 보내주지 마라. 차단하고, 아이다. 내일 할매랑 나가가 전화번호부터 바꾸자."

"근데 엄마가요. 이 사진 우리끼리 비밀이라고 했는데, 엄마 말 안 들으면 학교 친구들한테도 사진 다 보이줄 꺼라고. 우리 학교 홈페이지에 올린다고 했어요. 우리 집 주소도 다 알고 있다 했는데."

아이는 고개를 폭 숙였다.

"그런 일 없을 끼다. 걱정하지 마라."

일남은 왈칵 눈물이 쏟아질 것 같았지만 아이 앞에서 아무렇지 않은 척했다. 나쁜 놈들이 우리 가영이 정보를 우째 알았을꼬. 이름도 학교도, 나이는 물론 조부모와 살고 있는 것까지 알고 있었다. 아주 어릴 때부터 엄마 없이 자라 엄마 얼굴도 모른다는 것까지.

일남은 가영에게 휴대전화를 빼앗아 안방 장롱 속에 숨겨두었다. 아이는 저녁도 먹지 않고 한참 흐느끼다 잠이 들었다. 경호는 자정이 가까워져서야 얼굴이 불콰해진 채 집에 들어왔다. 답답한 마음에 가게에서 혼자 막걸리를 걸쳤다는데 믿기지 않는 소리였다. 일남은 그에 대해 굳이 왈가왈부하고 싶지 않았다. 당신은 답답한 마음 풀 여력도 있어서 좋겠다고, 이 시국에 다른 사람들과 어울리다가 전염병이라도 옮으면 어쩔 거냐고 따져 물을 기력조차 없었다. 일남은 경호의 이부자리를 봐주고 작은방으로 건너갔다. 가영 옆에 누워서 아이의 손을 쓰다듬으며 억지로 잠을 청해보려

했지만 잘 수가 없었다. 눈이 따갑고 머리가 어지러웠다. 밤새 몸을 뒤척이다가 새벽녘에 설핏 잠이 든 순간 전화벨이 요란하게 울렸다. 대명이 방금 전 세상을 떠났다는 부고였다.

7.

면회가 금지된 한 달 사이에, 대명의 상태가 급속도로 나빠졌다고 주치의가 전했다. 그는 마스크로 얼굴을 절반쯤 덮고 일남과 두어 발짝 떨어진 거리에서 대명의 임종 상황을 설명했다. 한 달 만에 어떻게 그럴 수 있느냐고, 지난달 면회 때만 해도 아주 좋아 보이셨다고, 일남은 멍한 표정으로 되물었다. 아흔둘, 언제 어느 순간에 세상을 떠나도 이상하지 않은 연세였다. 다들 입 밖에 내지는 않았지만 요양병원에 모신 순간부터 이날만을 기다려온 것이나 마찬가지였다. 하지만 이름도 처음 들어보는 전염병 때문에 임종도 못 지키게 될 줄은 전혀 몰랐다. 돌아가시기 전 한 달간 아버지의 상태를 전혀 모른 채로 그를 떠나보내게 됐다는 사실이 원통하게만 느껴졌다.

장례를 치르는 절차도 까다로웠다. 일남은 당장 부친의 시신조차 거둬갈 수 없었다. 청도 지역 요양병원에서 사망한 환자들은 코로나19 검사가 필수라서, 검사 결과가 음성으로 확인되어야 시신을 수습해 장례를 치를 수 있다고 했다. 일남은 검사 결과를 기다리며 필리핀에 있는 정필에게 전화를 걸었다. 정필은 전화통을 붙들고 아이처럼 엉엉 울었다. 상주 노릇을 해야 할 정필이 당장 들어오기는 어렵다고 말하자 일남은 그간 동생한테 한 번도 한 적 없었던 험한 말을 쏟아냈다.

"그기 무신 소리고, 장남이 없으면 누가 상주를 한단 말이고. 상주가 없는 초상이 어디 있다 카노! 한국 들어오는 비행기가 지금 다 끊긴 기가? 와 못 온단 말이고."

"누부야, 한국 가는 비행기는 줄기는 해도 아예 없

는 거는 아닌데 대구 경북 지역에 방문한 사람들은 입국을 금지한다고 필리핀 정부에서 정한 기라요. 한국 나가는 거는 어떻게 수를 내서 나간다 캐도 청도 땅을 디딨다 카믄 당분간 돌아올 수가 없습니더. 필리핀 정부 지침이라 어쩔 수가 없어요."

"필리핀 놈들은 부모 형제도 없다 카드나. 초상이 났는데 우짜란 말이고. 내가 그동안 참고 있었는데 니가 아부지한테 한 기 뭐 있노? 니가 그래도 사람이라면 여그 와서 마지막으로 상주 노릇은 해야지. 내가 니한테 큰 거 바라나, 지금. 내가 틀린 말 했나?"

"제가 쥑일 놈입니더. 누부야, 먹고살아볼라꼬 여어까지 와서 이라고 있는 기라요."

정필이 다시 흐느끼기 시작했다. 하지만 당장 들어오겠다는 말은 그의 입에서 끝까지 나오지 않았다. 일남은 억지라도 부려서 정필을 불러오고 싶었다. 내가 큰 걸 바란 건가. 그동안 일남이 부친에게 바란 건 아무것도 없었다. 건강하게 오래 계시다가 좋은 날 편히 가시는 것, 호상이면 족하다고 생각해왔다. 아버지의 임종을 지키며 손 한번 잡아드리고 싶었고, 그에게 그동안 고마웠다는 말 한마디 정도는 듣고 싶었다. 하지만 부친에게 마지막으로 들은 소리는 악에 받쳐서 퍼붓는 욕과 저주였다. 일남은 부친의 장례를 성대하게 치르고 싶었다. 그간 남의 경조사를 챙기며 뿌려놓은 부조금도 적지 않았다. 동생과 함께 빈소를 지키면서 주변 친지며 이웃 사람 모두 불러 조문을 받으려 했다. 그간 일남을 가까이에서 지켜본 사람들이라면 아버지 모시느라 수고했다고, 고생 많았다는 공치사를 안 할 수가 없을 것이다. 그 정도는 기대해도 되는 거 아니냐고, 내게 그만한 자격도 없느냐고, 아무나 붙들고 물어보고 싶은 심정이었다.

장례식장은 휑하고 쓸쓸했다. 사람은 없는데 꽃만 많아서 복도에 즐비한 화환이 오히려 분위기를 을씨년스럽게 만들었다. 가까이 사는 사촌들조차 마스크를 낀 채 잠깐 와서 인사치레로 조문만 했을 뿐 물 한 잔 마시지 않고 장례식장을 금세 떠났다. 상진은 또 전화를 받지 않았다. 아들과 연락이 두절됐다가 다시 연결되는 일을 자주 겪긴 했으나, 이런 날까지 속을 썩일 줄은 몰랐다. 밤이 되자 일남은 경호와 가영을 집에 보내고 혼자 빈소를 지키며 곡을 했다. 아이고, 아이고, 복 없는 사람, 평생 홀아비로 살다가 가는 날까지 외롭게 가셨네. 아이고, 아이고…… 아버지를 애타게 부르며 일남은 눈물을 쏟았다.

발인 전날 밤에 상희가 대전에서 운전을 해서 내려왔다. 아이들도, 사위도 없이 혼자 내려오면서 휴게소도 들르지 않았다고 했다.

"그래도 외할아버지 돌아가셨는데 모른 척할 수가 없어서요. 진짜 고민했는데, 오긴 와야겠더라고요. 외할아버지께서 나 예뻐하셨잖아. 엄마 기억나요? 엄마가 서울 절대 안 된다고 집 가까운 대구에 있는 학교 가야 한다고 했는데 외할아버지가 나 서울로 대학 가게 엄마 설득해줬잖아. 지금은 남편 따라 내려와 대전 살고 있지만 할아버지 덕에 서울에서 공부했던 거 감사하게 생각해."

일남은 상희를 객지로 보내 자취를 시키는 것이

내키지 않았다. 서울로 가겠다고 고집을 피우는 상희에게 대구에 있는 대학에 가지 않으면 등록금을 주지 않을 거라고 엄포를 놓기도 했다. 그런 일남을 설득한 사람이 부친이었다. 저렇게까지 가고 싶어 하니 보내주라고, 2년 후면 상진도 서울에 갈 테니 상희가 먼저 올라가서 상진을 챙기면 좋을 거라며, 부친이 일남을 설득했다. 딸아이를 서울로 보내기 꺼렸던 것은 괜히 남자를 잘못 만나서 사고라도 칠까 봐 두려워서였는데 정작 사고를 친 것은 아들 상진이었다.

일남과 상희는 상복을 입고 벽에 등을 기댄 채 나란히 앉아 있었다. 상희는 밤새 빈소에 머무르면서도 뭔가를 먹을 때 외에는 마스크를 벗지 않았다. 잠깐 누워 쪽잠을 잘 때조차 마스크를 쓰고 잤다.

"니는 무슨 엄마를 병균 덩어리 취급하나, 우리끼리 있을 때는 괜않다. 유난 좀 작작 떨어라."

일남이 푸석한 얼굴로 상희를 바라보며 말했다. 상희는 스스로도 제 모습이 우습다며 싱겁게 웃으면서도 마스크는 고집스럽게 쓰고 있었다.

"엄마, 나 걸리는 건 안 무서운데 만에 하나 저 코로나바이러스 확진자 되면 우리 아이들 어떡해요? 병 옮는 것도 무서운데 우리 애들 신상 퍼지면 앞으로 학교에서 왕따 될걸요. 지금 분위기가 얼마나 험악한지 몰라요."

"설마 그라겠나. 병 걸리고 싶어서 걸리는 사람이 어디 있다고 왕따까지 시키노."

"엄마가 모르셔서 그래요. 요즘 애들 너무 무서워요. 조금 다르다 싶으면 바로 배척하고 따돌린다고요. 그래서 말인데요, 엄마 가영이한테 신경 좀 써요. 우선 살부터 빼야 해. 뚱뚱한 애들이 왕따당하는 경우가 많아요."

"갑자기, 가영이가 와? 가영이가 뭐가 뚱뚱하노. 딱 보기 좋구만."

"그건 엄마 같은 옛날 사람 기준이고요. 가영이 지금 비만이라고요. 솔직히 이런 말까지는 안 하려고 했는데, 내가 보기에 아무래도 정서 불안 같은 게 느껴져요. 그런 걸 다른 애들이 못 느끼겠어요? 요즘 애들이 얼마나 영악한데. 엄마 없이 크는 애들은 표적이 되기가 십상이에요."

"가영이가 무슨 정서 불안이고? 우리 가영이는 정상이다. 지가 정신과 다니니까 조카까지 정신병자 만들라 카노."

상희에게 당치도 않은 소리라며 역정을 냈지만 표적,이라는 말이 일남의 가슴을 아프게 찔렀다.

다음 날 새벽 발인제가 끝나자 경호가 대명의 영정 사진을 들고 앞장섰다. 일남이 살면서 본 중에 가장 적막하고 처량한 장례식이었다. 관을 들 사람조차 없어 상조 회사를 통해 돈을 주고 구했다. 35인승 운구차 버스에 탄 사람은 경호와 일남, 상희, 가영 넷밖에 없었다. 화장터에 가영을 데리고 가는 일이 꺼려졌지만, 혼자 집에 두기는 더 불안했다. 일남은 서럽게 곡을 하다가도 가영의 얼굴을 살폈다. 마스크를 쓰고 있어서 아이의 표정을 제대로 확인할 수도 없었지만 일남의 신경 한편은 계속 가영에게 향해 있었다.

대명을 불 속으로 떠나보내고, 화장이 끝나기를

기다리고 있을 때 상진에게서 전화가 걸려왔다. 이제야 메시지를 확인했다고, 지금이라도 내려오겠다는 상진에게 일남은 무뚝뚝하게 말했다.

"만다꼬. 다 끝났는데, 인자 와봤자 뭐 하노. 올 필요 없다. 시험도 얼마 안 남았는데 공부나 열심히 해라."

"아무래도 코로나 때문에 공무원 시험 일정도 밀릴 거 같습니더."

"코로나가 사람 여럿 잡는 기라. 언제 끝날지 안 보이는 기 제일 문제다. 그건 그렇고 니 가영이랑 마지막으로 통화한 기 언제고? 가영이 우째 지내는지 니 알고나 있나?"

"가영이가 와예, 무슨 일 있습니꺼?"

일남은 길게 한숨을 쉬었다. 이 일을 어디에서부터 어떻게 이야기를 해야 할지 난감했다. 적어도 화장터에서 전화로 할 이야기는 아니라는 건 분명했다.

"아이다, 난중에 얘기하자. 아무리 바빠도 가영이한테 신경 좀 써라."

화장터에서 납골묘를 모실 선산으로 이동하는 차 안에서 일남은 유골함에 담긴 대명을 끌어안은 채 잠 깐 잠이 들었다. 지난 사나흘 간의 피로가 갑자기 몰려오면서 눈꺼풀이 무거워졌다. 옆자리에 앉은 가영도 일남의 어깨에 기대 잠들어 있었다. 뒷좌석에서 상희가 아이들과 전화 통화를 하는 소리가 들려왔다.

　　"응, 냉장고에 있는 국 전자레인지에 데워서 먹어. 점심은 피자 시켜 먹고…… 아니 그게 무슨 소리야? 청도도 우한처럼 봉쇄돼서 엄마 못 나오는 거 아니냐고? 여기는 중국이 아니야. 그럴 일 없어. 걱정하지 마. 엄마 오늘 밤 내로 집에 갈 거야."

　　일남은 청도가 봉쇄될까 봐 걱정한다는 외손자가 귀여워서 잠결에 슬며시 웃음을 지었다. 텔레비전 뉴스에서 봤던 우한 지역의 영상이 떠올랐다. 기차역 앞을 막아선 군인들과 적막한 도시의 살풍경한 모습을 뉴스로 볼 때만 해도 이웃 나라에 닥친 재앙이라고만 여겼다. 상희는 청도가 봉쇄될 일은 없을 거라고 아이를 안심시켰지만, 앞으로 예상할 수 있는 일은 아무것도 없다고 일남은 생각했다. 아니, 이미 일남은 처절하게 버려지고 고립된 기분이었다. 일남은 한 팔로 무릎 위에 올려진 부친의 유골함을 세게 끌어안았고, 나머지 팔로는 곤하게 잠든 가영의 어깨를 감쌌다.

선산의 납골묘에 부친을 모시고 흙투성이가 된 채 산길을 내려오면서도 일남은 가영의 손을 꼭 쥔 채 걸었다. 아이의 손을 놓은 것은 집 앞 대문에 이르러서였다. 가영은 대문 앞에 놓인 붉은색 선물 상자를 보고는 일남의 손을 놓고 급히 뛰어갔다. 송가영 어린이에게. 제 이름이 적힌 박스를 손에 들고 흔들며 아이는 들뜬 표정을 지었다. 일남은 미간을 찌푸렸다. 보낸 사람 이름이나 주소가 없는 택배였다. "어디서 누가 보낸 건지 확인부터 해봐야 안 되나?" 가영은 일남의 말이 끝나기도 전에 박스를 뜯었다. 상자 속에는 귀여운 캐릭터가 박힌 알록달록한 색깔의 아동용 면 마스크 넉 장이 낱개로 포장되어 있었다. "우와, 너무 예쁘다!" 가영이 서로 다른 무늬의 마스크를 하나씩 꺼내보며 활짝 웃었다. 그렇지 않아도 소형 마스크를 구하지 못해 가영에게 성인용 마스크를 씌워놓고 마음이 좋지 않던 참이었다. 아이에게 대형 사이즈가 커서 마스크가 코 밑으로 계속 흘러내렸다. 그런데 누가 보낸 걸까. 우리 집 주소를 알고, 가영이 이름을 아는 사람이 보낸 익명의 택배가 일남은 뭔가 석연치 않았다. 일남은 다시 상자와 마스크 포장 비닐을 꼼꼼히 살폈다. 어디에서도 발신인의 흔적은 보이지 않았다. 일남은 상자를 거꾸로 들어 털어보았다. 상자 바닥에 붙어 있던 하트 모양의 쪽지가 팔랑거리며 방바닥에 떨어졌다. '힘내라 대구, 경북!'이라고 적힌 종이 한 장이었다.

두痘

·

박서련

박서련

2015년 「미키마우스 클럽」으로 《실천문학》 신인상을 받으며 작품
활동을 시작했다. 장편소설 『체공녀 강주룡』으로 한겨레문학상을
수상했다. 장편소설 『마르타의 일』 『더 셜리 클럽』이 있다.

진화는 초저녁에 잠들었다. 첫차를 타고 오느라 일찍 일어나기도 했거니와 낮에 난방도 안 돌린 학교를 청소하느라 지친 탓이었다. 전임 교사가 쓰던 것을 세탁해놓았다는 목화솜 이불은 묵직하고 따뜻했다. 방에 딸린 좌식 책상은 영 익숙지 않아 이부자리에 엎드려 친구들에게 편지를 쓰려던 진화는 그대로 졸다 푹 고꾸라졌다.

　관사 현관문 두드리는 소리에 진화가 깨어난 것은 한밤중의 일이었다. 방 불을 켜두지 않은 채여서 사위가 캄캄했다. 시골은 역시 밤에 이렇게나 어두워지는구나, 진화는 기지개를 켜며 몸을 일으켜 세웠다. 바로 그때 불쑥 방문이 열렸다. 채은이 손전등을 들고 서 있었다.

"무슨 일이세요?"

가까스로 진화는 무슨 짓이세요 대신 무슨 일이세요, 라고 물었다. 쉿. 채은이 검지를 세워 굳게 다문 입술의 가로선과 교차시켰다. 다시 문 두드리는 소리가 들렸다. 진화가 일어서려 하자 채은은 고개를 세차게 젓고 진화 곁으로 와 자세를 낮추었다.

열면 안 돼요.

들릴락 말락 한 소리로 채은이 말했고 진화는 엉겁결에 고개를 끄덕였다. 문을 땅, 땅, 두드리는 소리는 그 뒤로도 서너 번 더 이어졌다. 소리가 멎자 채은은 이유를 설명해주지 않고 자기 방으로 돌아갔다.

진화가 터미널에 도착한 때는 10시 5분 전이었고 이장이 나타난 것은 10시 20분의 일이었다. 약속 시간으로부터 20분 늦게 95년식 포터가 진화 앞에 섰다. 이장은 창문을 살짝 내리고 손짓으로 진화를 불렀다. 안녕하세요, 인사하며 문을 열자 진득한 흙냄새가 차

두창

밖으로 훅 달려 나왔다.

"짐은 그게 단가?"

보스턴백 두 개를 먼저 올린 다음 책가방을 벗어 앞으로 안고 조수석에 오르는 진화를 보고 이장이 툭 내뱉었다.

"네, 우선 꼭 필요한 것만 챙겼어요. 나머지는 지내보고 집에 부쳐달라 하려고요."

"난 또 금방 도망갈라고 그만큼만 갖고 왔나 했네."

이장이 하는 말은 자꾸, 혼잣말인지 저더러 하는 말인지 잘 구분이 가지 않아서, 진화는 하하 웃었다.

"하긴 여기서 도망을 가면 어디로 가나."

진화는 웃으며 제가 도망을 왜 가나요, 라고 대꾸하려다 말았다. 차는 한참 동안 비탈진 커브를 달렸다. 길옆은 내내 빽빽한 침엽수림이었다. 진화는 나무를 얼마나 헤아렸는지를 자꾸 잊어버리면서도 계속 헤아렸다. 보고 있자면 저렇게도 자랄 수 있는가 싶어 경이로운 한편 간격이 너무 밭아 숨이 차기도 했다.

도착할 무렵 진화는 자연히 이장의 말이 어떤 의미인지를 이해하게 되었다. 이장의 트럭을 타고 40분을 더 가서야 마을 어귀였다. '96 범죄 없는 마을' 표석이 진화의 시야에 들어왔다가 뒤로 달아났다. 자가용을 타고도 40분, 버스로는 한 시간, 그 버스가 하루 두 번. 왔다 갔다 합쳐서 네 번. 이런 마을에 학교가 있다는 것이 믿어지지 않았다.

이장이 왼편으로 핸들을 꽉 꺾었다. 포터는 툴툴거리며 아스팔트 대신 시멘트로 포장한 얕은 내리막길로 들어섰다. 빈 논밭을 지나고 작은 집들을 지나서 다시 언덕을 올라, 드디어 차가 멈췄다. 도로에 차가 적고 신호등도 거의 없어 한 번도 멈추지 않고 달렸는데도 40분. 터미널 회차장보다 작은 운동장 양 끝에 칠한 지 오래되어 보이는 단층 건물이 한 채씩 있었다. 여기가 내 첫 학교구나. 벅차서인지 기가 차서인지 눈물이 날 것 같았다.

진작 먼저 내린 이장은 운동장 오른쪽 건물을 향하고 있었다. 저쪽이 관사인가 보다. 진화는 얼른 책가

두창

방을 들쳐 메고 양 옆구리에 보스턴백을 낀 채 뒤뚱거리며 이장 뒤를 따랐다. 이장이 관사 문을 땅, 땅, 두드리자 창백해 보이는 여자가 문을 열어주었다. 그 여자의 인상 때문인지 바깥보다 그 안이 더 추울 것 같은, 그래서 마치 문 밖으로 냉기가 끼쳐 나오는 듯한 느낌이 들어 종종걸음으로 관사를 향하던 진화는 잠시 제자리에 멈춰 섰다.

"송진화 선생님, 안녕하세요."

여자는 인상과 다르게 우렁우렁 울리는 목소리로 말했다. 몇 걸음 떨어져 있는데도 바로 곁에서 말하는 듯이 들렸다. 진화는 그 목소리와 통화한 것을 기억했다.

"네, 신채은 선생님. 안녕하세요."

진화는 정신을 차리고 뛰면서 인사했고, 문을 붙들고 서 있던 채은은 진화를 들이고 바로 닫았다. 이장에게 데려다줘서 감사하다고 인사도 못 했는데 싶어 어어, 하면서도, 진화는 저를 지나쳐 안으로 들어가려는 채은의 기세에 휩쓸려 엉거주춤 서 있었다.

"들어오세요."

"아, 네."

"수요일에 바로 오는 게 좋다고 하지 않았던가요?"

"죄송해요, 이틀이나 늦게……. 그런데 집안 사정 들으시고 괜찮다고 하셔서, 정말 괜찮다고만 생각해서."

엄밀히 말하면 도리어 며칠 일찍 온 것이었다. 개학 2~3일 앞두고 내려오면 그만일 거라 더 여유가 있을 줄 알았는데, 갑자기 전화를 걸어 당장 내려오라고 한 것은 채은이었다. 아버지가 지방 출장에서 돌아오실 때까지만 있다가 내려가면 안 되겠냐고 했을 때 그러라 하지 말든지. 어머니 몸이 안 좋은 건 거짓말도 핑계도 아니었다. 아무리 설레는 첫 발령이라도 아픈 어머니를 두고 갈 수는 없었다. 초임 주제에 건방지게 보일까 봐 말로는 못 하겠지만, 따지고 보면 경우가 없는 쪽은 자기보다는 채은이 아닌가, 진화는 생각했다.

"제가 급해서가 아니고 송진화 선생님 생각해서

두창

그렇게 말씀드린 건데. 아무튼, 왜 안 들어오세요?"

"아, 네."

진화는 그제야 옆구리에 끼고 있던 가방들을 내려 두고 신발을 툭툭 벗었다.

관사는 T자 모양 복도를 끼고 방 두 칸이 서로 마주 보고 있는 구조였다. 위쪽 가로변 복도 오른쪽 끝에 욕실이 있고 반대쪽에 싱크대가 있었다. 오른쪽은 채은의 방, 비어 있던 왼쪽이 진화의 방이 될 터였다.

"별로지요."

"아뇨, 좋은데요."

예의상 빈말을 한 것만은 아니었다. 자취도 하숙도 해본 적 없는 진화에게는 정말이지 뾰족이 나쁘게 보이는 부분이 없었다. 싱크대는 설치한 지 제법 오래된 듯했지만 화장실은 2년 전에 새로 공사를 해 깔끔하다는 사실이 마음에 들었다. 발령받고 알음알음 알아보니 그 전까지는 관사 밖 재래식 변소를 사용했다는데, 그럴 필요 없다는 것만 해도 감지덕지였다.

"여기가 마음에 안 들면 동네 빈집에 들어갈 수도

있어요."

채은은 자기 방 문고리를 쥐고 잠깐 생각에 잠긴 듯하다 한마디 덧붙였다.

"그렇지만 여기가 나을 거예요."

학교 한가운데에는 교무실이 있고 교무실 좌우로 교실 두 칸씩이 붙어 있었다. 이웃한 개별실 다섯 칸이 복도 한 줄로 이어져 있는, 가로로 긴 건물이었다. 화장실은 학교 건물 뒤편에 따로 있었고, 교실인 줄 알고 들어간 첫 번째 칸은 과학실이었다.

"그러면 두 학년씩 교실을 같이 쓰나요?"

"저쪽 끝은 음악실 겸 컴퓨터실이에요."

"그러면……."

"일이삼 저학년 한 반, 사오륙 고학년 한 반."

창문이란 창문은 다 열고 간단히 청소를 했다. 채은이 복도와 음악실과 고학년 반을 맡고 진화는 교무실과 저학년 반과 과학실을 맡았다. 기물이 많은 과학

실보다 저학년 반 청소에 더 많은 시간을 소비한 것은 진화가 이따금 허리를 펴 교실 뒤편 꾸밈판을 감상한 탓이었다. 며칠 뒤면 자기의 첫 학생이 될 아이들이 지난 학기에 무얼 했는지를 보는 게 왜 그리 재미나는지, 그만 보려 해도 눈이 가고 참으려 해도 웃음이 났다. 제 구역 청소를 마친 채은이 소리도 없이 나타나 교실 뒷문 문지방을 밟고 서 있는 걸 보고서야 진화는 정신을 차렸다.

청소를 끝내고는 교무실 포트에 물을 올리고 컵라면을 뜯었다. 컵라면이 익을 동안 채은이 뭘 복사해 와 건넸다. 입학생과 재학생 명단이었다.

"별로 많지 않으니 빨리 외워요."

첫 학생들이라 생각하니 감회가 남달라 명단을 소중히 받아 들었지만 딱히 욀 것도 없어서 장난처럼 느껴졌다. 신입생부터 6학년까지, 전교생을 다 합친 게 열여덟 명이었다. 열여덟 명 중에 여덟 명이 진화네 반,

그중 세 명이 신입생이었다. 전교생 성비는 여자애 두 명 당 남자애 하나 꼴이었다. 표시한 것을 보니 신입생 세 명 중 유일한 남자애한테는 4학년, 5학년, 6학년 누나가 있었다.

"외울 이름은 적지만 누구랑 누가 가족이고 친인척인지 미리 파악해두는 게 좋아요."

그렇구나, 작은 학교는 이런 걸 더 신경 써야 하는구나. 진화가 미처 생각지 못했던 까다로운 부분이었지만 예정보다 급하게 내려오라 할 만큼 중요한 일 같지는 않았다.

"휴대전화는 있어요?"

"네, 요번에 만들었네요. 꼭 필요한가 했는데 아이들이 전화할 수도 있다고, 만들면 좋다고들 하더라고요. 번호 적어드릴까요?"

채은은 생각에 잠긴 듯하다가 조금 늦게 입을 열었다.

"어차피 잘 안 터지지만."

그럼 왜 물어본 거예요. 무슨 말씀을 그렇게 해요.

두痘

둘 중 무엇도 적절한 대답이 아닌 것 같아서 진화는 그냥 어색하게 웃었다. 채은은 다시 간격을 두고 말했다.

"그래도 있는 게 나아요."

채은이 대체 무슨 말을 하고 싶은 건지 알 도리가 없어서, 진화도 할 말을 찾지 못했다. 꼼짝없이 한두 해는 이 사람을 유일한 말벗 삼아 지내야 할 것을 생각해서라도 좋게 대꾸하고 싶었지만, 역시 쉽지가 않았다.

"명애 안녕, 다음 주에 학교에서 만날 송진화 선생님이야."

명애는 할머니 바지춤을 움켜쥔 채 눈만 껌뻑거렸고, 명애 할머니는 처음 인사하는 손녀딸 담임보다 벌써 3년이나 이 마을에 있었던 채은에게 더 관심이 많은 듯했다. 그러고 보니 명애 오빠 명수가 4학년이었지. 진화는 전날 외운 명단을 떠올렸다. 대문간에 선 채로 얘기하는 것도 좀 그러니 안으로 들어오시라고 명애 할머니가 권했지만 채은이 극구 사양했다.

"할머니가 명수를 참 애틋해하시나 봐요."

"할머니 아니고 어머니예요. 생각하시는 것보다는 연세가 적으세요. 초등학교 4학년, 2학년 아이가 있을 만한 연세도 아니지만."

다음으로 들른 집에서는 명애네 집에서와 반대로 진화가 환영을 받고 채은이 찬밥 신세가 되었다. 진화가 맡을 1학년 남자아이와 채은이 맡을 고학년 누나 셋이 있는 집이었다. 그러니까 아들 선생은 중하고 딸 선생은 뒷전인 셈인가. 시골 학부모들일수록 아무래도 이런 분위기가 꽤 남아 있는 편이라고 듣기는 했지만 이렇게 노골적일 일인지, 환대를 받으면서도 진화는 불편했다.

마지막으로 만난 아이는 학교에서 가장 먼 곳에 사는 2학년 예진이었다.

"되도록이면 개학 전에 가정환경도 다 파악해두는 게 좋아요."

흙벽에 슬레이트 기와를 얹은 예진의 집 앞에서

두창

채은이 나직하게 말했다. 진화는 계세요, 하고 목청을 돋우었다. 이윽고 자그마한 여자애가 집 뒤편에서 뛰어나왔다.

"예진이니?"

진화는 허리를 굽히고 무릎을 짚은 자세로 아이와 눈을 맞추고 환히 웃었다.

"나는 올해 예진이 담임선생님 송진화라고 해."

예진은 끄덕이며 코를 훌쩍였다. 눈이 크고 왜소한 예진은 소매가 길고 너덜거리는 옷을 입고 있었다. 오래 쓴 행주 냄새를 풍기는 옷이었다.

"어른 안 계시니?"

예진은 집을 돌아보고 고개를 저었다. 있다는 것인지 없다는 것인지 아리송했는데, 집 안에서 탁하고 짧은 기침 소리가 여러 번 들려왔다. 누구요? 기침 끝에 남자 노인이 소리쳤다. 채은이 맞받아 외쳤다.

"학교에서 왔어요. 인사드리러요."

안에서는 더 이상 기척이 없었고 예진은 집과 진화를 번갈아 쳐다보다가 집 안으로 들어갔다. 진화는 어찌할 바를 모르고 서 있다가 채은을 따라 걸음을 옮겼다.

"작년에는 내가 저학년 담임이었어요."

채은은 돈이라도 떨어뜨린 사람처럼 바닥만 보면서 말했다.

"예진이는 1학기 중간에 전학 왔고요. 부모님이랑 떨어져서 할아버지랑 사는데 할아버지도 건강이 안 좋으세요."

어른이 돌봐줘도 모자랄 아이가 어른을 돌보면서 학교는 제대로 나올 수 있을까. 진화의 걱정을 읽은 듯이 채은이 말을 이었다.

"학교는 열심히 나와요. 학교에 나와야 할아버지랑만 있지 않을 수 있으니까 그렇겠죠."

"이 곳 아이들은 다…… 이런가요?"

"이렇다는 게 어떻다는 거지요?"

채은의 반문에 진화는 머뭇거렸다. 그럴 줄 알았다는 듯이 채은이 다시 입을 열었다.

"대부분 보호자 연령이 높기는 해요. 예진이처럼

두疸

조부모님하고 지내는 아이도 몇 더 있고, 그렇지 않아도 학부모님 대부분은 나이가 많으세요. 그런 부분이 조금 극단적일 뿐 다른 지역 아이들 환경하고 크게 다르지 않아요."

정말 그런가. 진화는 계속해서 예진의 집을 돌아보며 걸었다. 채은에 따르면 예진의 집에서 학교까지는 채은의 잰걸음으로도 15분이 걸렸다.

"교회 다니나요?"

"아뇨."

"앞으로 다녀보시는 것도 좋고요……."

그건 제 자유가 아닐까요, 하고, 진화는 속으로만 말대꾸를 했다. 전날 밤 일을 떠올리면 이것도 어렴히 이유가 있어서 그러는 거려니 싶기도 했지만 채은이 말해주지 않는 이상은 짐작일 뿐이어서, 크게 다를 것도 없었다.

둘째날이 첫날보다 고단한 것은 당연한 일이었다.

마을 사람들이 교사를 존경하는 한편 서울내기를 미워하고, 저마다 이 마을에 오래 살았다는 자부심이 강하니 재학생이 있는 집이건 없는 집이건 미리 인사를 드리는 게 좋다는 채은의 귀띔을 듣고 함께 집집마다 인사를 드리러 다녔다. 마을 총 가구 수가 고작해야 80가구 남짓 된다고 해서 인사 정도야 금방 끝나겠다 짐작한 것은 순 오산이었다. 빈집도 많고 집과 집 사이가 제법 멀어서 점심때까지 반도 돌지 못했다. 이장네 집에서 점심을 얻어먹을 동안에 진화는 채은과 이장 부부 사이에서 혼자 눈치를 보았다. 이장은 지나칠 만큼 아무렇지도 않아 보였고 채은도 별다른 기색을 보이지 않아, 전날 밤 땅, 땅, 문을 두드리던 소리가 진화 혼자 꿈이라도 꾼 것처럼 느껴졌다.

입학식 겸 개학식에는 본교 교감이 참석했다. 교감은 이 마을에서 1분이라도 허비하고 싶지 않다는 듯 환영사를 짧게 마치고 서둘러 떠났다. 1교시 시간을

두痘

비워 진행한 개학식이 20분 만에 끝난 김에 진화는 저학년 아이 여덟 명을 교실로 데리고 돌아와 자기소개 시간을 가졌다. 3학년 아이들은 모두 자기 이름을 쓸 줄 알았고 2학년 두 명 중에는 명애만 한글을 읽고 쓸 줄 알았으며 1학년은 모두 숫자밖에 깨치지 못한 채였다.

2교시부터는 채은이 가르쳐준 방식대로 수업을 진행했다. 같은 학년끼리 책상을 붙여 앉게 하고 교과 설명을 해준 뒤 교과서에 나와 있는 학습 내용으로 서로 토의를 하거나 답안을 쓰게 한 다음, 다른 학년 자리로 가서 똑같이 진행하는 것을 반복하는 식이었다. 1, 2학년은 받아쓰기를 할 수 있을 때까지 한글 공부만 시켜도 괜찮다고 했다. 저학년은 저학년끼리, 고학년은 고학년끼리 똑같은 수업 시간표로 수업을 해서 음악, 미술, 체육 활동이 포함된 즐거운 생활이나 간단한 실험이 포함된 슬기로운 생활은 모두 같이 지도할 수도 있었다. 일주일에 두 시간은 저학년과 고학년이 함께하는 즐거운 생활, 체육 시간을 배치해 단체 운동장 수업을 진행하기로 했다. 주로 아홉 명씩 편을 갈라 피구나 민속놀이를 하게 될 것이었다.

3교시에는 아이들을 음악실로 데려가 노래를 가르쳤다. 진화는 사범대 음악교육과 진학도 고려해볼 만큼 피아노에 자신이 있었고 대학 시절 조별 음악 과제를 할 때도 반주를 도맡았다. 밸브를 오른 다리로 젖히고 페달을 밟으며 연주하는 풍금은 처음이었지만 주법은 피아노와 크게 다르지 않아서 곧 익숙해졌다.

"자, 2학년, 3학년 언니 오빠들은 이 노래를 알고 있지요? 먼저 2학년, 3학년이 큰 소리로 부르고 1학년도 한마디씩 따라서 불러봐요."

1학년 아이들은 가사를 읽지 못해서인지 처음에는 작고 자신 없는 소리로 눈치 보듯 노래를 부르다 수업이 끝날 무렵에는 새된 소리로 악을 썼다. 삐걱거리는 풍금 페달 소리와 아이들이 목에 핏대를 세우며 악쓰는 소리가 이상하게도 싫지 않았다. 이렇게 말하기는 아직 이르지만 역시 나한테는 이 일이 적성에 맞나 봐. 풍금 뚜껑 닫기를 아쉬워하며 진화는 생각했다.

두고

저학년 수업은 4교시에 끝이 났다. 진화는 1, 2학년 아이들 알림장에 숙제와 준비물을 하나하나 써주고 수업을 마쳤다. 아무리 저학년이고 아직은 농한기라도, 아이들이 집안일을 도우러 다니는 경우가 있으니 숙제는 되도록 하루에 하나 이상 내주지 말라고 채은은 귀띔했다. 그리해서 한 학기 내에 시험이며 목표 진도를 나가기는커녕 한글이나 뗄 수 있을까. 고민해봤자 뾰족한 수가 없었다. 채은도 전임 교사에게 이런 귀띔들을 들었을 것이고 채은의 전임 또한 그의 전임으로부터 이 방법들을 전수받았을 것이다. 형체도 없이 구전되어온, 일종의 그 전통이 자기보다 유능하고 확실하다는 것을 진화도 체감하고 있었다.

문을 두드리는 한밤의 손님이 또다시 찾아온 것은 봄이 다 질 무렵 금요일 밤 일이었다. 관사의 좁디좁은 복도에서 마주친 채은은 고개를 가로저었다. 열어주면 안 돼. 절대로 열어줘서는 안 돼. 진화는 현관문을 바라보았다. 하지만 그 전과는 다른데. 땅, 땅, 두드리는 소리가 아니라 빠르고 얕고 애타는 소리인데. 채은은 완강했다. 진화도 어깨를 들썩거리기만 할 뿐 문을 열어줄 엄두는 내지 못했다. 진화와 채은은 문을 두드리는 소리가 멎을 때까지 복도에서 대치하다 각자의 방으로 돌아갔다.

그런데 왜 문을 두드리는 소리만 나고 저벅저벅 멀어지는 발소리는 들리지 않는 걸까.

어린애였을지도 몰라. 내가 가르치는 학생이 도움을 청하러 온 거였을지도 모른다고. 밤새 잠을 설친 진화가 결국 새벽녘에 조심스레 문을 열었지만 그 앞에는 아무도 없었다.

일찌감치 출근해 교무실 앞에 앉아 등교하는 아이들을 하나하나 헤아렸다. 지각생 하나 없이 전교생 열여덟 명이 출석을 했고 모두 평소와 다름없는 표정이었다. 선생님 눈이 빨개요. 울었어요? 명애가 물었고 진화는 으응, 피곤해서 그래, 하며 다시 저학년반 아이들을 둘러보았다. 진화의 말에 특별한 반응을 보이는

두痘

아이는 하나도 없었다.

　봄 동안에 진화는 딱 한 번 읍내에 다녀왔다. 채은에게 같이 가지 않겠냐고 물었지만 거절당했다. 일도 같이 하고 살기도 같이 사는, 어찌 보면 둘도 없는 사이임에도 채은은 영 곁을 내주려 하지 않았다. 4월 즈음 말을 놓기로 한 것 정도가 발전이라면 발전이었지만 그것 말고는 이렇다 할 변화가 없었다.

　읍내라 해봤자 구경거리라곤 전통 시장과 뛰어다니는 어린애들밖에 없었다. 대부분 읍내 본교에 다니는 아이들일 터였다. 같은 시골 아이들이라도 본교 학생들은 진화가 가르치는 분교 학생들과 인상이 달랐다. 진화의 학생들은 어른이 뭐라 하기도 전부터 미리 주눅이 들어 있었다. 모두 하교 시간쯤이면 표정이 한결 밝아졌지만 등교 직후 다시 보면 언제 그랬냐는 듯 얼굴에 긴장이 돌아와 있었다. 아이들이 왜 그러는지는 누가 따로 설명해주지 않아도 이해할 수 있을 것 같았다. 말하자면 나도 적응이 되고 있는 것이겠지, 진화는 생각했다.

명애의 목덜미에 돋아난 빨간 돌기를 진화가 발견한 때는 6월 중순이었다.

어, 이거, 하고 진화가 몸을 기울여 확인하려 할 때 마침맞게 명애가 그 자리를 긁었다.

"명애야, 잠깐만."

진화는 뒤에 선 채로 명애의 머리통을 조심스레 붙들고 돌기를 자세히 살폈다. 모기 물린 자국이라기엔 크고 빨갛고 단단해 보였다. 이건 마치…… 젖꼭지처럼 보이네. 가까이서 보니 목덜미뿐 아니라 두피에도 비슷한 돌기가 두어 개 솟아 있었고, 쫀쫀하게 묶어 올린 뒷머리 아래쪽 모근과 목의 경계에도 하나 있었다. 명애는 진화가 머리통을 잡고 있는 사이에도 뒤통수를 긁으려 손을 움직였다. 역시 가려운 모양이었다. 진화는 마른침을 삼켰다.

수두다.

"얘들아, 우리 잠깐 재미있는 놀이 할까?"

진화의 뜬금없는 제안에 2학년 여자애 둘이 동시

두痘

에 고개를 들었다. 진화는 손뼉을 쳐서 다른 학년 아이들의 주의까지 끌었다.

"다 같이 박수치면서, 즐, 겁, 게, 춤을 추다가."

놀자는 말에 아이들은 일단 눈을 반짝였지만, 음악실도 아닌데 왜 노래를 부르냐는 듯 생뚱스럽다는 표정으로 진화를 쳐다보았다.

"자, 선생님을 따라서. 즐겁게, 춤을 추다가, 그대로 멈춰라!"

진화는 짐짓 익살스러운 표정을 지으며 몇 번 더 아이들을 웃기다가 양손을 깍지 낀 자세로 멈췄다. 아이들은 진화를 따라 손을 모았고 몇몇 아이들은 숨까지 참았다. 진화는 등줄기와 손바닥에 식은땀이 솟는 것을 느끼면서 아이들을 향해 웃어 보였다.

"얘들아, 숨은 쉬어도 괜찮아. 선생님이 다시 돌아올 때까지 그대로 있는 거야. 누가누가 잘 하나 보자. 선생님 돌아오기 전에 움직이는 사람이 있는지 서로서로 지켜봐줘. 알겠지요?"

아이들은 깍지 낀 손을 책상 위에 올려두고 냅다

고함을 질렀다. 네! 진화는 이마에 돋은 땀을 훔치며 교실 뒷문을 나섰다.

"신 선생님. 잠시만요."

진화는 고학년 교실에서 채은을 불러내 방금 교실에서 본 것에 대해 설명했다.

"대처 잘했네."

늘 창백하고 서늘한 채은의 얼굴은 그런 이야기를 듣는 동안에도 크게 바뀌지 않았다. 선배에게 처음으로 칭찬을 들은 셈인데도 진화는 별 감흥을 느끼지 못했다. 냉정하고 무심한 채은이 새삼 얄밉게 느껴지기도 했거니와, 덮어놓고 기뻐할 수 없는 상황이기도 했다.

"우선 명애는 조퇴시킨 다음 보호자한테 연락드리고, 다른 아이들은 별 이상 없는지 오늘 좀 더 관찰해봐요. 나도 명수 확인해보고 웬만하면 조퇴시킬게."

"알겠어요."

"그렇게 걱정할 건 없어. 어차피 수두는 전염성이 거의 백 프로고, 치명적인 병까지는 아니니까 차라리

두痘

한번 싹 도는 게 나을 수도 있거든. 못 막아도 우리 잘
못은 아니잖아. 막을 수 있으면 좋겠지만."

네. 그럼요. 그렇겠지요.

진화도 어린 시절 수두를 앓았지만 앓던 시절을
전혀 기억하지 못했다. 대학 동기 중 하나가 성인 수두
를 앓기에 집에 가서 물어보니 너도 이미 치렀다고 어
머니가 말해주어 그런가 보다, 했을 뿐. 워낙 어릴 때
이기도 했고 열이 높았다고 하니 기억이 안 나는 것도
무리는 아니지. 네 젖꼭지가 그렇게 작은 건 수두 자국
인지 모르고 젖꼭지에 약을 발라서 젖꼭지가 없어지
고 수두 자국이 대신 남아서 그런지도 몰라. 어머니는
웃음기도 없이 말해놓고 농담이라고 덧붙였다. 당연히
농담이겠지. 어머니의 젖꼭지도 그렇게 작다는 것을
진화는 이미 알고 있었으니까.

별스러울 것 없는 수두가 별일이 된 것은 그날 오
후부터였다. 명수와 명애의 나이 많은 어머니가 씩씩

거리면서 학교 언덕을 올라와 기세 좋게 교무실로 쳐들어온 것이었다.

"그 계집애 때문이야. 걔, 부모 없는 애."

누구를 말하는 거냐고 묻고 싶었지만 예진을 두고 하는 소리인 게 뻔했다. 양친이 다 집에 없는 아이는 동네에 예진밖에 없었다.

"작년 겨울에도 그년이 애들 머릿니를 옮기고 다녔다고요. 애가 씻지도 않고 버짐이 허옇게 떠가지고 여기저기 병 옮기고 다닌다고, 그년이!"

기가 막혔다. 명애를 집으로 돌려보낸 다음 아이들을 하나하나 살펴보았지만, 적어도 옷 밖으로 드러난 얼굴과 목, 팔다리, 누구의 어디에서도 수포를 발견하지 못했다. 예진도 예외가 아니었다. 당신 나이의 반의반도 못 먹은 아이를 두고 년년거리는 명애 어머니에게 그렇게 설명하면 이해할까. 씨알도 먹히지 않을 것이 확실했지만 그렇다고 손 놓고 있을 수만도 없었다. 진화는 땀을 뻘뻘 흘리며 명애 어머니를 붙들었다.

"어머니, 아시겠지만 수두는 자연히 좋아져요. 어

두痘

른 되어서 앓는 것보다 어릴 때 치르는 게 차라리 낫고요. 당분간 명애 숙제는 명수 통해서 전달드릴게요. 너무 긁지 않게 계속 지켜봐주시고, 여유 있으실 때 연고 같은 거 사 오시면 좋고요……. 가족들이랑 수건 같은 것 따로 쓰게 해주시고, 혹시 명수도 몸 긁거나 하면 따로 연락 주시고요…….

"명애년 숙제를 명수가 왜 챙겨요?"

명애 어머니가 도리어 더 기막혀해서 진화는 자기가 굉장한 말실수라도 한 줄로 착각했다.

"명애한테 옮겼으니 명수한테도 옮길까 봐 온 거야, 내가. 그년 학교 못 나오게 해요. 명수 삼대독자예요. 걔한테 병 옮기면 내가 그년 가죽을 벗겨버릴 거야. 알아들어요?"

그러고도 분이 안 풀린 명애 어머니가 계속 씨근덕거리며 교문 밖으로 나갈 때까지 진화는 그 자리에 우두커니 서 있었다. 분명히 한국말을 듣긴 했는데 전혀 알아들을 수가 없었다. 어정어정 자리로 돌아와 풀썩 주저앉는 진화를, 채은은 가만히 보고만 있었다.

"어떡하죠…….."

"뭘 어떡해. 무시하면 돼."

채은은 낯빛 하나 바꾸지 않고 말했다.

"머릿니 돌 때도 그랬나요?"

"그랬어. 이 옮긴 거 예진이 아니었을걸. 예진이 잘 못 씻는 건 맞는데, 애들이 예진이랑 접촉 자체를 잘 안 하잖아. 어쨌든 예진이 머리에서도 서캐가 나와서 할 말은 없게 됐지."

"그때는 어떻게 하셨는데요?"

"예진이 데리고 보건소 가서 약 타 왔어. 머리 감을 때 쓰는 약."

그런데 이번엔, 예진이가 멀쩡하잖아요. 진화는 목을 거슬러 올라오는 울음과 함께 하고 싶은 말을 삼켰다. 일단 지켜봐야지. 채은이 나직하게 중얼거린 말이 자기 생각과 다르지 않은 것 같아서 그 순간만큼은 채은의 목소리가 진화 자신의 것처럼 느껴졌다.

두痘

밤에 진화는 뒤숭숭한 꿈을 꿨다. 배경은 대학 시절 농활로 갔던, 포도로 유명한 고장이었다. 꿈에서 일어난 일들은 실제로 농활 때 겪었던 일들과는 상관이 없었지만, 진화는 그곳이 어디인지를 깨닫는 순간 잠에서 깨어났기 때문에, 악몽의 내용은 금세 잊어버리고 농활 때를 떠올리게 되었다.

다 교대생이면, 졸업하고 다 선생님 되겠네?

농활 기간 동안 임시 거처로 삼은 마을 회관에는 변변히 씻을 곳이 없어서, 낮 동안 일을 거들었던 집에서 샤워를 하는 것이 보통이었다. 진화가 씻고 나오는 사이 선배는 그 댁 남자 어른 앞에 무릎을 꿇고 앉아 그런 말을 듣고 있었다.

다 선생님 되는 건 아니고, 시험에 합격해야 될 수 있어요.

여자 직업으로 선생님만 한 게 또 없지. 그중에서도 중학교, 고등학교 선생님보다 초등학교 선생님이 최고야. 맘씨 곱고 노래 잘하고 얼굴 예쁘고.

선배가 정정해주었는데도 남자 어른은 자기 할 말

만 했다. 선배가 씻으러 들어간 다음부터는 진화가 그 자리에 똑같이 무릎을 꿇고 앉아 있어야 했다.

하여튼 둘 중 한 명은 우리 아들한테 시집와라. 내가 봤을 때 이 자식은 선생님한테 장가를 보내야 된다. 머리는 굴릴 줄 아는데 공부가 안 되니까 평강공주처럼 챙겨주고 대접을 해주면 크게 될 놈이다. 촌사람이라고 무시하지 마라. 우리 집 땅이 너희 부모가 가진 땅 다 합친 것보다 넓을 거다.

진화는 마당 수돗가에서 물로 발을 적시고 있는 남자애를 봤다. 잘 쳐줘야 열두 살일까. 재하고 결혼을 하란 말인가, 갑자기? 혹시 형이 있나. 형이든 재든 밑도 끝도 없고 말도 안 되는 소리지만. 어쩌다 나는 여기까지 와서 이런 소리를 듣고 있을까.

돌아가는 길에 선배에게 그 이야기를 했다가 무슨 농담을 그렇게 진지하게 생각해, 하는 핀잔을 들었다.

남자 동기들은 낮에 담배를 얻어 농민들과 맞담배를 피운 걸 큰 영웅담이나 되는 것처럼 떠들어댔다. 요새는 농촌 형님들이 더 진보적이라니까. 교수님들하고 맞담배 상상이나 할 수 있어? 그러는 동안에 여자 동기들은 마을 회관에 찾아와 막걸리를 권하는 농민들을 남자애들과 똑같이 형님이라고 불렀다가, 여자애가 형님은 무슨 형님이냐, 오빠나 아빠라고 부르라는 말을 듣고 있었다. 일과가 끝난 후 총화 시간에 이 이야기를 꺼냈더니 학생회장이 진화를 따로 불러서 주의를 주었다.

진화 네 말 무슨 말인지 알아. 그래도 너무 그렇게만 생각하는 건 농촌에 대한 편견이야. 우린 편견을 분쇄하고 연대하러 온 건데 계속 그렇게만 보는 건 공동체 의식이 너무 없는 거 아닐까.

그렇게 말하던 회장은 서울 지역 임용을 3년 준비해 진화와 똑같이 올해 발령을 받았다. 진화의 발령 지역은 맞학번 선후배와 동기들을 통틀어 제일 오지에 있었다. 딱히 오기를 부리려던 것도 아니고 뜬금없이 공동체 의식 같은 것이 생긴 것은 더더욱 아니었다. 경쟁률이 낮은 지역에 시험을 쳤고 그 결과가 이랬다. 적어도 이제는 회장이 나한테 농촌이 이러쿵저러쿵, 가르칠 입장이 아니게 된 거지. 진화가 내린 결론은 그랬다. 애초에 그러려던 것이 아니었기 때문에 그런 생각을 해도 이긴 듯한 기분이 들지 않았다.

　잽싸게 명애를 격리한 것까지는 좋았지만 전염을 막지는 못했다. 다음 날에는 고 씨네 사 남매 중 막내인 남자애만 등교했다. 고학년 진아, 진선, 진희 셋이 나란히 감염되었다고 학교로 전화가 왔다. 저학년 반에서도 여자애 두 명이 결석했다. 안 그래도 허허로운 교실이 더 휑해졌다.

　명애 어머니가 그렇게 욕을 퍼부었던 예진은 정작 무사했다. 어디 아픈 데 없니, 물어도 큰 눈을 껌뻑거리며 고개를 저을 뿐이었다.

　그런 채로 한 주가 지나갔다. 명애와 고 씨네 맏이 진아를 시작으로 한 명씩, 한 명씩 학교로 돌아왔고, 교대하듯 한 명씩, 한 명씩 학교를 빠졌다. 와중에도 예진에게는 별다른 이상이 나타나지 않았고 명애 어머니가 그토록 걱정하던 명수도 멀쩡했다.

　최초 발견부터 2주가 지나 7월이 될 무렵, 다시 고씨네 남매 중 누나 셋이 학교에 오지 않았다. 농번기라 그런 것인지, 아이들 하교하고 일을 시키시면 안 될는지 여쭈느라 전화를 드렸는데, 수포가 또 올라와서 그렇다고 하시더라, 채은이 전했다.

　"그럴 리가 없는데. 수두는 한 번 앓고 나면 평생 면역이야."

　"그러게요."

　"거짓말일 수도 있어. 말마따나 농번기라 일 시키면서 핑계 대는 걸지도."

　"제가 한번 가볼게요."

　채은이 무슨 소리냐는 듯 진화를 쳐다보았다.

　"혹시 모르니까 정말 수포 또 올라온 게 맞으면 제가 데리고 보건소나 가보게요. 겸사겸사 예진이 데리고 가서 접종도 시키고."

　"해 지기 전에 들어와."

　"해도 길어졌으니 그 전에 들어오고도 남죠."

채은의 낯빛이 한층 어두워졌다.

"이 동네는 해가 더 빨리 떨어져."

그런가? 별로 그렇지도 않은 것 같은데. 애초에 과학적으로, 그런 게 가능한가. 진화는 괜스레 뒷머리를 긁적이며 교문을 나섰다. 긁고 나서야 소스라치며 설마 나도, 하고 손톱 밑을 확인했지만 아무것도 묻어 나오지 않았다.

채은의 의심과 다르게 고 씨 자매들 몸에 또다시 발진이 생긴 것은 거짓말이 아니었다. 차라리 거짓말인 게 나았을 텐데.

세 아이 모두 손바닥이 빨갛게 코팅된 목장갑을 끼고 있었다. 덥지 않냐고 물으니 부모님이 벗으면 손모가지를 부러뜨린다 했다고 진아가 대답했다. 손톱으로 긁지 못하게 하려고 한 모양이었다. 목장갑이 너무 커서 아이들 손가락 끝마다 마디 한둘씩이 남아돌았다.

　　　　　　두痘

전화로 부른 택시에 세 자매와 예진을 태우고 보건소에 갔다. 보건소는 마을과 읍내 사이에 있었다. 무의촌인 마을을 배려한 듯한 위치였지만, 그래봤자 기본요금이 1,800원인 택시로 1만 5,000원 어치를 가야하는 거리였다. 위급 상황에 크게 도움이 될 것 같지도 않고, 도리어 보건소 때문에 마을 가까이에 작은 병원 하나 들어오지 않는 것일 수도 있다는 생각이 들어 찜찜했다.

"이거 수두 아닌 것 같은데요."

진화 또래일 듯한 공보의는 귀찮다는 투로 툭툭 말했다.

"이게 왜 수두가 아니에요?"

"보니까 얘들은 이 보건소에서 접종을 맞았네요. 접종해도 증상 비슷한 게 나타날 순 있지만 그건 보통 접종 직후나 그렇고요."

"학부모님한테는 그런 얘기 못 들었는데요."

"우리랑 진호랑 엄마가 달라요."

진화와 공보의가 다투듯 나누던 대화에 진아가 끼

어들었다. 간결하고 납득이 잘 되는 소리였다. 잠시 말문이 막혀 하던 공보의가 다시 답답하다는 투로 말을 이었다.

"그리고 무슨 수두가 없어졌다 다시 돋아요? 그것도 셋씩이나. 그게 무슨 수두야."

"그럼 뭔데요?"

"저야 모르죠."

진화는 공보의의 멱살이라도 잡고 싶은 심정이 되었다. 그렇지만 공보의는 잘못이 없었다. 다만 싸가지도 없을 뿐이었다.

"소염제랑 발진 연고 드릴 테니까 가정에서 잘 먹이고 바르도록 하시면 돼요. 근데 애는 괜찮아 보이는데?"

공보의가 예진을 가리켰다.

"늦었지만 접종 좀 시키려고요."

수두가 아닌 것을 안 이상, 그런 것이 소용이 있을까, 생각하면서도 진화는 예진의 등을 떠밀었다.

"보호자 동의서 가져오셨어요?"

두痘

"제 사인으로는 안 되나요?"

"얘하고 어떤 관계이신데요?"

"담임입니다만……."

공보의는 픽 웃었다. 뭐가 웃기니, 이 새끼야. 양
손이 저절로 주먹 쥐어지고 부들부들 떨리는 걸 감추느
라 진화는 뒷짐을 졌다.

"저도 그거 있어요."

예진이 뒷짐 진 진화의 팔을 쿡 찌르고 말했다. 뭐
라고? 어디에? 진화는 무릎을 반 굽히고 예진의 어깨
를 붙들었다.

"잠지에 그거 났어요. 젖꼭지 같은 거."

예진은 전혀 부끄러워하는 기색 없이 그렇게 말
했다.

진화는 관사로 돌아와서 채은을 껴안고 울었다.
잰걸음으로 15분을 걸어 학교까지 와서, 채은과 마주
하고서야 울음을 터뜨렸다. 채은은 진화의 울음이 잦

아들 때까지 가만히 있었다. 가까스로 울음을 그친 진화가 듣고 겪은 일들을 고하자 채은도 눈물을 흘렸다. 진화로서는 채은의 표정이 그렇게 무너지는 것을 본적이 없었다. 두 사람은 좁은 복도에서 얼싸안고 한참을 울었다.

"부임 초기에 아무 의심 없이 문을 열어준 적이 있었어."

가까스로 울음을 그친 뒤에, 채은은 자기 무릎을 껴안고 쪼그려 앉은 채로 말했다.

"내가 그날 혼자 있는 걸 알고 있었어, 그 사람은."

진화는 대답할 말을 찾지 못해 바닥만 보고 있었다.

"강간까지는 아니었어……. 뭐가 다른지는 모르겠지만."

그런 일을 겪고도 왜 여기에 남았는지 묻고 싶었지만 물을 수 없었다.

"미쳐버릴 것 같고 그 사람 집에 불이라도 지르고 싶었는데, 안 그래도 오겠다는 사람 없는 학교를 내

두창

발로 나가든 불 지르고 잡혀가든, 다른 게 아니고 내가 나가면 애들은 어떻게 될지가 무서웠어. 아무리 분교라도 교사 둘이 억지로 붙들고 있는 학교니까. 한 명 나가고 결원 못 채우면 폐교는 시간문제니까."

완전히 이해가 된다고 할 수는 없었지만 어떤 심정이었는지 상상할 수는 있었다. 진화는 양손에 얼굴을 묻고 고개를 끄덕였다.

"낮에는 괜찮아도 밤마다 죽겠더라. 땅, 땅, 문 두들기는 소리가 이명처럼 들리고⋯⋯. 송 선생은 몰랐겠지만 여기 앉아서 밤새 문 쳐다보고 앉아 있기도 했어. 아무한테도 이 얘기를 못 했지만."

진화가 채은의 손을 끌어다 쥐었다. 두 사람은 동시에 다시 울음을 터뜨렸다. 한참 만에 다시 채은이 입을 열었다.

"예진이는⋯⋯ 그런 일 겪으면 안 돼."

신 선생님도 그런 일 겪어선 안 되는 거였어요.

예진이는 안 되지만 신 선생님은 겪어도 괜찮은, 그런 일이 아니었다고요.

어떻게 해야 예진이를 지킬 수 있을까요. 네? 어떻게 해야 신 선생님이 괜찮아질까요.

쥐어짜이듯 아픈 가슴을 부여잡고 진화는 오래 울었다.

공보의와 진화는 세 자매를 내보내고 예진을 침상에 눕혔다. 기저귀를 갈듯 허리를 쳐들게 하고 진화가 발끝을 잡았다.

"그러네. 세 개 있네."

예진이 옷가지를 추스를 동안 공보의는 차트를 작성했다.

"수두는 아니지만 수두랑 비슷하긴 한 것 같아요. 원래 완전히 노출되고 평평한 부위보다 살 접히고 겹치는 부분에 수포가 잘 잡히거든요. 가랑이, 겨드랑이, 무릎오금, 두피…… 무슨 말인지 아시죠."

"그럼 이제 어떡하죠."

"밖에 쟤네처럼 장갑 씌우고 못 긁게 하면서 잘

두痘

씻겨서 바이러스 아예 없어질 때까지 버티든가, 큰 병원 가서 제대로 진단받든가 해야겠죠? 여기서는 한계가 있어요. 일단 뭔지도 모르잖아요. 내가 연구원도 아니고."

사비로 왕복 택시비를 3만 원이나 들여가며 보건소에 온 보람이 없었다. 진화는 고 씨네 세 자매 집 앞에서 택시를 돌려보내고 걸어서 예진을 집까지 데려다주었다.

"할아버지 몸 많이 안 좋으시니?"

"네."

"얼마나?"

"계속 누워 있어요. 화장실 가고 밥 먹을 때 빼고."

어쩌다 다른 곳도 아니라 사타구니에만 세 개가 돋았을까, 수포가. 진화는 줄곧 그 생각에 사로잡혀 있었다. 접촉을 통한 병이라면 누군가 예진을 만졌다는 뜻이 아닌지, 그 생각이 영 머리에서 떨쳐지지 않았다. 명애 어머니가 부렸던 악다구니처럼, 이 모든 게 예진에게서 시작된 일이 아니고서야. 불길한 생각이 자꾸

뇌리를 스쳤다. 차라리 명애 어머니가 옳았기를 바라
게 될 만큼이나.

"예진아."

"네."

"선생님하고 약속할까."

"뭐를요?"

"먹는 약 잘 먹고, 스스로 연고 잘 바르기. 가려워
도 긁지 않기."

예진은 망설이는 기색이었다.

"그건 예진이가 스스로 해야 하는 일이야. 할아버
지 돌보는 것처럼 잘할 수 있지?"

"할아버지가 발라주면 안 돼요?"

"안 되지."

"왜 안 돼요?"

왜 안 되는지 왜 모르지?

"평소에 할아버지가 거길…… 만지니?"

"네."

예진은 아무렇지도 않은 투로 대답했다.

두창

예진을 그대로 집으로 돌려보낼 수도, 돌려보내지 않을 수도 없었다. 예진은 집 앞에서 망부석같이 멈춰 선 진화를 한참 마주 보다가 선생님 안녕히 가세요, 공손히 인사하고 집으로 들어갔다.

불현듯 진화는 가려움을 느꼈지만 어디를 긁어야 할지 알 수 없었다.

그날 진화는 채은의 방에서 잤다. 자명종 소리에 진화가 깨어났을 때, 채은은 좌식 책상 앞에 무릎을 꿇고 앉아 있었다.

"송 선생, 이거 봐요."

채은이 내민 것은 진화가 처음 학교에 온 날 보여 준 것과 같은 명단이었다. 몇몇 학생들의 이름 옆에 빨간 점이 찍혀 있었다. 진화는 금세 빨간 점의 의미를 알아차렸다. 수포 발진이 있었던 아이들을 표시한 것이었다.

"이 중에 남자애는 하나도 없어."

채은의 낮고 분명한 목소리에 진화는 남은 잠이
확 달아나는 것을 느꼈다.

진화와 채은은 8시부터 교무실에 나가서 집집마
다 전화를 돌렸다. 보건소에 물어보니 크게 위험한 병
이 아니라더라, 학교에 나와도 된다더라, 그렇게 거짓
말을 했다. 아이가 크게 아파하거나 힘들어서 집에 있
고 싶다고 하면 그래도 좋지만, 학교에 나오고 싶어 하
면 보내달라고, 거의 애걸에 가까운 말들을 늘어놓았
다. 영 미심쩍어하는 학부모는 어김없이 아들이 있는
사람들이었다. 할 수 없이 큰 비밀을 털어놓듯 여자애
들 사이에서만 옮는 병이라고 하면 알았다고 했다.
　왜 애초부터 그 생각을 못 했을까. 제일 먼저 증세
를 보인 건 명애인데, 그리 가깝지도 않은 고 씨네 세
자매에게는 옮은 병이, 같은 집에 사는 명수에게는 옮
지 않았다. 증세를 보인 아이들의 오빠나 남동생 중에
이 병을 앓는 아이는 단 하나도 없었다. 셋이나 되는

고 씨 자매들이 싹 나았다가 다시 증세를 보일 동안에도 막내 진호에게는 아무 이상도 나타나지 않았다.

"그래서, 이건 그냥 내 생각인데……."

채은은 진화 앞에 바짝 다가와 앉았다. 잠을 통 이루지 못했는지 유독 파리한 얼굴이었다.

"이건 병이 아닐 수도 있어."

"병이 아니면 뭐죠."

"누가 함부로 만진 자리에 도는 게 아닐까. 더 만지지 말라고. 이거 봐, 더럽지, 더 이상 만지지 마, 이렇게."

진화는 헉하고 숨을 몰아쉬었다. 그럴지도 몰라요. 정말 그럴지도 몰라.

명수는 교사들이 보는 앞에서도 스스럼없이 명애를 때렸다. 작년에, 명애와 같은 반이고 채은이 담임이던 때에 한번 크게 혼난 적이 있는지, 채은 앞에서는 눈치를 살피며 조심하는 편이었지만 여전히 진화 앞에서는 손을 번쩍번쩍 치켜들곤 했다. 여러 번 주의를 줘도 명수는 버릇을 고치지 않았다. 그래서 진화는 명애가 맞는 것을 목격할 때마다 자기가 맞은 것처럼 화가 났다. 쟤는 내가 만만하구나. 내가 저의 선생님이라고 느끼지 않는구나.

명수가 주로 노리는 곳은 머리통, 그중에도 뒤통수 쪽이었다. 처음 명애의 발진이 주로 돋았던 곳과 일치했다.

대략 2주 만에 처음으로 결원 없이 모든 아이들이 등교했다. 보통 중에서도 보통에 속하는 이 사실이 왜 이렇게도 마음을 아프게 할까. 진화는 여덟 명이 빠짐 없이 앉아 있는 교실 앞에서 잠깐 눈물을 훔쳤다.

진화와 채은은 1교시와 2교시를 서로 번갈아가며 상담 시간으로 썼다. 저학년과 고학년 중 수포 발진 증세를 보인 아이들을 차례로 한 명씩 불러 물었다. 어디가 제일 간지러웠니. 어디에 물집이 제일 많이 생겼었니. 옷 입어서 안 보이는 곳에도 그런 게 생긴 적 있니. 거길 누가 만진 적이 있니. 진화가 교무실에 있을 동안

두痘

은 채은이 저학년 반 자습을 시켰고 채은의 차례에는 진화가 그렇게 했다.

예진을 비롯한 저학년 아이들은 대체로 솔직하게 말했다. 5학년 오빠가요. 삼촌이요. 할아버지가요. 상담을 마치고 진화는 또 울었다.

채은이 맡은 고학년 아이들은 채은이 어떤 의도에서 그런 것을 묻는지를 금세 파악했다. 제대로 대답한 아이는 없었다.

"그래도 저학년 애들 대답한 거 보면 우리 생각이 틀리진 않은 거네."

그러게요. 내심 틀리기를 바랐던 그 생각이. 진화는 하하 웃고 온 얼굴을 양손에 파묻었다.

3교시는 모처럼 전교생 합동 체육 시간이었다. 아이들은 모두 오랜만에 피구를 하고 싶어 했다. 아무와도 그리 친하지 않은 예진마저도 피구, 피구 하며 흥분을 감추지 못했다. 피구를 할 때만큼은 전교생이 예진

박서련　　　　　　　　　　　　　　151

을 자기들 편에 데려오려고 했다. 1학년보다도 체구가 작아서 공에 잘 맞지 않는 아이니까.

그래, 그러자 얘들아. 사실은 아무도 잘못되지 않았으니까, 피구를 해도 괜찮아. 채은과 진화는 주전자에 물을 채우고 배구공을 챙겨 아이들을 몰고 운동장으로 나갔다. 물주전자로 피구 코트를 그리고 가위바위보로 편을 갈라 아이들에게 공을 넘기고 그늘에 앉아 아이들을 지켜봤다. 아이들은 금세 소란을 피우며 공을 주고받기 시작했다. 눈이 부셨다.

조금 지나 채은이 가라앉은 목소리로 진화를 불렀다.

"송 선생."

"네."

진화는 기운이 다 빠진 소리로 간신히 대꾸했다.

"내가 지금 헛것을 보고 있나 싶어서……."

"아뇨. 저도 보여요."

눈이 부시다고 느낀 것은 햇살 때문도 아니었고 오랜만에 다 같이 뛰어 노는 아이들의 모습이 감격스

두痘

러워서도 아니었다. 괴질을 앓는 아이들이 악을 쓰거
나 고함을 지를 때마다 몸에서 빛을 내뿜고 있기 때문
이었다.

피해! 던져! 패스해!

7월 한낮의 운동장 위에서도 아이들 몸에 고인 빛
은 또렷이 보였다. 고 씨네 맏이 진아의 등허리에서,
둘째 진선의 어깻죽지에서, 셋째 진희의 종아리에서,
까만 머리카락으로 뒤덮인 명애의 머리통에서 수포가
빛을 뿜었다. 크리스마스트리를 수놓은 전구처럼 깜
빡거렸다. 수포가 밀집한 곳일수록 더욱 격렬하게 빛
났다.

아이들 눈에는 저게 보이지 않는 걸까. 왜 경기는
계속되는 걸까.

채은과 진화는 누가 먼저랄 것 없이 자리에서 일
어났다. 두 사람은 잠시 서로 눈을 맞춘 뒤 전속력으로
달려 나갔다. 그리 넓지도 않은 운동장 반지름을 단숨
에 가로질러 앞뒤에서 예진을 감싸 안았다.

한 번도 공을 받지 못하고 한 번도 공을 맞지 않아

서 아직 한 번도 소리를 지른 적 없는 예진은 어안이 벙벙한 채로 완전히 숨겨졌고 어디선가 날아온 공이 진화의 등을 맞혔다. 선생님, 안 아파요? 하나도 안 아파. 아니야, 엄청 아파. 선생님도 사실은 잘 모르겠어.

그 전까지 한 번도 없었던 정적이 운동장을 가득 메웠다.

두痘

쓰지 않을 이야기

·

송지현

송지현

2013년 《동아일보》 신춘문예에 「펑크록 스타일 빨대 디자인에 관한 연구」가 당선되어 작품 활동을 시작했다. 소설집 『이를테면 에필로그의 방식으로』, 에세이 『동해 생활』이 있다.

소설 속에서 가족을 골고루 죽였다. 엄마를 죽인 것은 다섯 번, 할아버지를 죽인 것은 세 번, 삼촌을 죽인 것도 세 번, 동생을 죽인 것은 두 번이다. 그 와중에 아빠를 죽인 적이 있는가 하면, 그건 좀 애매하다. 계속 자살 시도를 하는 좀비가 된 아빠에 대해서 쓴 적은 있다. 그러나 소설 속에서 아빠는 좀비이기 때문에 끝내 계속 살아난다. 아니, 죽지 않는다. 소설 속 주인공조차 아빠가 죽은 건지 아닌 건지 애매한 상황에서 사망 보험금을 받을 수 있을지 궁금해한다. 어쨌든 좀비가 된 것도 죽은 것이라고 치면 아빠가 죽은 것은 한 번으로, 가족 중 제일 적은 숫자다. 동료 소설가 Y에게 이 얘기를 했다.

"그러고 보니 나도 부모님 다 죽였네. 얼마나 증오

가 큰지 죽이는 걸로도 모자라서 병까지 걸리게 했어."

"우리 마음에 반사회적인 무언가가 있는 걸까?"

"모르지, 뭐. 어쨌든 좀비라……. 흠. 그럼 수도 없이 더 죽인 걸로 쳐야 하는 거 아냐?"

그런가. 만약 증오의 크기만큼 소설 속에서 가족을 죽이는 것이라면, 아빠에 대한 증오는 크기가 애매하긴 했다. 20년 동안 아빠는 1년에 한두 번 일주일 정도 집에 머물렀고, 그것이 엄마의 무언가를 자극해서 올 때마다 새벽까지 부부 싸움을 하긴 했지만, 나로선 그냥 잠을 좀 설칠 뿐, 증오로까지 이어지진 않았다. 그랬던 것 같다.

*

중국과 홍콩을 오가며 살던 아빠는 전염병이 돌자 곧장 귀국했다. 아빠가 20년 동안 뭘 하면서 살았는지는 모르겠다. 하지만 한 가지 사실은 확인할 수 있었는데, 그건 이제 아빠 명의로 통장을 개설할 수 없다는

쓰지 않을 이야기

것이었다. 아빠가 별일 아닌 것처럼 얘기해서 우리 모두 별일 아닌 것처럼 행동했다. 하지만 나는 동생의 학교 앞으로 찾아가 이 얘기를 했다. 알고 있는 모든 사실을 조합했는데도 아빠에 대해 아는 것이 별로 없어서 대화는 금세 끝났다. 동생의 자취방에 가서 라면을 끓여 먹고 집에 돌아왔다.

아빠는 거실에서 접이식 토퍼를 깔고 지냈다. 동물 다큐멘터리가 어느 채널에서나 나오고 있다는 걸 나는 아빠를 통해 알게 되었다. 어느 날 아빠는 전염병이 쉽게 사라지지 않을 거라는 뉴스를 보더니 자신에게 방을 하나 달라고 했다. 엄마는 동생 방을 내줬다. 아무리 자취 중이라고 해도 동생 방을 마음대로 쓰라고 해도 되나 싶었지만, 동생은 순순히 그러라고 했다. 알고 보니 동생은 엄마로부터 아빠의 연금 통장을 받아 그걸로 자취방 월세를 내고 있었다.

"연금 통장은 건드리지 않나 본데?"

나는 또다시 Y에게 말했고, 우리 집과 집안 사정이 비슷한 그는 자신의 아버지도 연금을 받고 있는 것 같다고 말하며 덧붙였다.

"아무리 잘못 살아왔어도…… 죽지는 말라는 소리겠지."

"하지만 나는 국민연금을 내지 않고 있는걸."

"넌 잘못 살아왔고…… 그냥 죽으라는 소리겠지."

아빠가 방을 쓰기 전 동생은 자신의 물건들을 박스에 담아서 보관해달라고 했다. 작은 박스 하나를 사다 동생의 책이며 노트 같은 것을 담았다. 그러다가 동생이 학창 시절에 쓴 일기장을 발견했다. 일기장엔 엄마 욕이 매 페이지마다 적혀 있었다. 동생이 소설가라면 엄마를 열 번도 넘게 죽였을 것이다. 나는 일기장을 박스에 담아 잘 숨겨놓았다.

*

p와 만나는 날이다. p와 하는 일 중 제일 싫은 것. 새로운 장소에서 자기. 그나마 나은 것. 모텔이 늘어서 있는 골목 걷기.

*

    p가 사는 도시로 지하철을 타고 온다. 간다라고
말하고 싶지만 온다가 더 적확한 것 같다. p를 만나기
로 하면 이상하게 나는 벌써 그곳에 도착한 것 같은 기
분이 드니까. 역의 북부로 나오면 큰 광장이 하나 있
다. 광장 바닥은 나무판자로 되어 있는데, 그래서 거기
를 걸을 때마다 발소리가 울리고, 나는 내 발소리를 잘
듣고 싶어서 광장에 도착할 때마다 긴장한다. 역 주변
에는 골목이 많고, 역 바로 앞 골목 입구에는 중고 서
점이 있다. 나는 중고 서점을 구경하면서 p를 기다리
고 싶다는 생각을 한다. 하지만 p는 약속 시간보다 항
상 먼저 온다. 먼저 와서 그는 중고 서점조차 구경하지
않고 광장의 나무 벤치에 앉아 있다. 그를 발견하면 나
는 멀리서 손을 흔든다. 그가 나를 발견할 때도 있고
아닐 때도 있다. 하지만 나는 늘 손을 흔든다. 그러고
나서 우리는 저녁 메뉴를 정하며 걷는다. 둘 다 확실하
게 선택하는 것보다는 언제라도 빠져나갈 구멍을 만들

어놓는 걸 좋아하는 성격이라 선택은 굉장히 오래 걸린다. p는 빵을 좋아하고 나는 한식을 좋아한다. 그래서 보통 저녁은 한식으로 먹고, 편의점에 들러 간식으로 먹을 빵을 몇 개 산다. 네 캔에 만 원인 맥주도 같이 산다. 그리고 모텔이 늘어선 골목을 걷는다.

p와 처음 만날 때만 해도 여러 모텔에 갔고, 그럴 때면 낯선 곳이라 불안해선지 늘 악몽을 꿨다. 이제는 한곳을 정해두고 간다. 수납장 뒤에 먼지가 없고, 또 욕조가 있어서 마음에 든 곳. 우리는 씻고 맥주를 마시며 텔레비전을 본다. 그러다 나는 잠들고, 나보다 늦게 잠드는 p가 빵을 먹는다. 부스럭거리는 소리에 내가 한차례 깨어난다. p가 빵을 먹는 걸 보며 나는 졸다 깨다 한다. 아마 내 집이었다면 침대에서 절대로 뭘 못 먹게 할 텐데. 여긴 누구의 집도 아니니까.

우리는 퇴실 시간에 맞춰 일어난다. 점심 메뉴를 정하며 어제의 골목을 반대로 걸어서 광장으로 나온다. 광장엔 아직 자고 있는 부랑자 몇이 있다. 나는 부랑자라는 말을 아빠에게서 처음 배웠다. p에게 그 이야기를 한다. 꽤 긴 이야기이고 우리는 역 주변 골목골목을 오래도록 걷는다. 그렇게 오래 걸으면서도 여전히 메뉴 선정에 난항을 겪는다. 우리는 언제라도 빠져나갈 구멍을 만들어놓는 걸 좋아하는 성격이다.

*

p가 사는 도시는 내가 스무 살 때까지 살았던 도시다. 때문에 이 도시로 오는 지하철을 탈 때마다 나는 회귀라는 것에 대해 생각한다. 회귀라는 단어는 이상하게 거북이가 알을 낳는 다큐멘터리 장면을 떠오르게 하는데, 거북이가 회귀를 하는지는 모르겠다. 연어가 산란을 위해 돌아오는 것은 알고 있다. 노래도 있지 않은가. 그에 반해 거북이에 대해서는 잘 모르겠다. '거북이 회귀'라고 검색하자, 방류한 거북이가 한국으로 돌아왔다는 기사 하나가 나왔다. 내용을 보니 딱히 산란을 위해 돌아온 것은 아닌 것으로 보였다.

p와 늘 가는 모텔이 있는 골목은 내게는 좀 특별한 곳이다. 이 골목 입구에서 엄마가 24시 분식집을 했었다. 상호명은 오복 분식으로, 엄마는 그 흔한 이름을 철학관에서 지어 왔다. 내가 열 살이 될 때까지 운영했던 그 분식집은, 막상 골목에 서니 정확한 위치가 기억나지 않았다.

"이쯤인데……."

그러자 p가 아무 건물이나 가리키며,

"여길까? 아님 여기?"

라고 대답했다. 나는 몇 가지를 기억해냈다.

"가게 맞은편에 금파 여인숙이 있었어."

p는 관심 없는 것처럼 행동하고는 금파 여인숙의 간판을 찾아냈다. 20년도 더 지났는데 아직 있다니. 너무 놀라워서 나는 p의 팔짱을 꼈다.

간판 옆에 좁은 입구가 있었고, 그곳을 보자마자 경사가 가파른 그 계단을 무서워했던 것이 기억났다. 금파 여인숙 주인은 노파였는데, 아빠가 그녀를 스스럼없이 엄마라고 불렀던 것도 기억해냈다. 아빠는 다른 사람들을 쉽게 친족의 호칭으로 불렀고, 골목 사람들은 아빠를 기다렸다가 자꾸 뭘 줬다. 엄마가 분식집에서 김밥을 말고 국수를 무칠 동안 아빠는 골목 사람들과 어울리며 시간을 때웠다. 나는 분식집으로 하교했고, 주로 가게 구석에 있는 테이블에 앉아서 숙제를 하며 시간을 보냈다. 간혹 저녁 교대 시간에 주방 이모가 늦게 오면 나는 금파 여인숙에 맡겨졌다. 금파 여인숙 카운터 뒤는 굉장히 좁았고, 주인은 내게 밍크담요를 덮어준 뒤 재우려고 애썼다.

"얘야, 담요를 가슴에서부터 배까지 쓸어내려 봐라."

그러면 나는 시키는 대로 했고, 몇 번 반복하다 금세 잠들었다. 하지만 아주 오래도록 잠이 오지 않는 날도 있었다. 손님들은 자꾸 들어와서 키를 받아 갔고, 키를 받아 가면서 나에 대해 물었다. 나에 대해 물어본 사람들이 무서워서 좀체 잠이 오지 않았다. 하지만 금파 여인숙 카운터 뒤에 무서움을 달랠 만한 것이 있을리가 만무했다. 나는 벽에 걸린 많은 열쇠들과 그 열쇠에 달린 고리에 쓰인 숫자를 읽으며 시간을 보내다가 새벽이 돼서야 나를 데리러 온 엄마의 등에 업혀 잠들곤 했다. 그때 아빠는 어디에 있었을까?

어떤 날은 아침까지 아무도 날 데리러 오지 않았다. 어두운 카운터 뒤에서 할머니는 내게 총각김치와 계란프라이를 차려 먹였다. 할머니는 총각김치를 꼭 내 입에 넣어주었는데, 나는 어느 날부턴가 그걸 받아먹지 않게 되었다. 할머니가 아빠에게 말하는 것을 엿들었기 때문이다.

"얘가 웃긴다. 내가 김치를 드니까 입을 아 벌리고 가만히 있더라. 집에서 그렇게 키우나?"

그로부터 20년도 더 지났다. 금파 여인숙을 운영하는 것이 여전히 그 노파일지 궁금했지만, 그렇다 하더라도 나는 그녀를 알아보지 못할 것이 분명했다.

*

p를 만나지 않는 날에는 주로 누워서 지낸다. 내

방엔 갖다 버리고 싶을 정도로 책이 많고, 실제로 갖다 버리려고 한 적도 있었다. 하지만 버리는 것도 에너지가 필요한 일이다. 나는 p와 만나기 전에 사귀었던 애인들의 사진도 아직 정리를 다 못 했다. 심지어는 종종 꺼내 보기도 한다. 의미가 있는 것은 아니고, 그냥 거기에 있는 나를 본다. 예쁘다고 생각한 사진만 남겨놔서인지 지금보다 좋아 보인다. 몇 년 전에 죽은 고양이 사진도 있다. 플래시가 터져 사진 속 고양이의 눈이 다 빨갛다. 실물이 훨씬 예뻤는데. 그래도 다 모아두었다. 나는 어릴 때부터 스무 살이 되면 고양이를 기르겠다고 선언했고, 고양이를 데려온 것은 이 도시로 이사한 지 한 달 정도 되었을 때였다. 고양이의 전 주인은 젊은 부부로 양가 부모님의 반대 때문에 파양하게 되었다고 했다. 둘은 캣타워와 고양이를 싣고 우리 집까지 왔다. 여자는 고양이를 우리 집에 두고 나가면서 울었다. 나는 그들이 지어준 이름으로 고양이를 불렀다. 고양이가 죽을 때까지. 고양이는 내가 서울에서 아르바이트를 하고 있을 때 죽었다. 동물병원에서 온 연락을 받자마자 사장에게 양해를 구하고 퇴근했다. 택시를 탔다. 병원에 도착하니 엄마와 동생이 먼저 와서 울고 있었다. 엄마는 고양이를 쓰다듬었다. 쓰다듬으면서,

"넌 죽어서도 털이 정말 많이 빠지는구나."

했다. 나도 죽은 고양이의 털을 빗기며 울었다. 그때를 생각하면 언제든 울 수 있는데, 별로 울고 싶은 기분이 아니라 사진을 다시 넣어두었다. 나는 지금도 고양이 두 마리를 키우고 있다. 요즘은 고양이를 만지기 전에 손을 씻고 옷을 갈아입는다. 아직까지 이종 간에 병이 옮는다는 연구 결과가 나오지는 않았지만, 그래도 괜히 찝찝하다.

점심을 먹으러 간신히 일어났고, 거실에서 음소거를 해놓고 동물이 나오는 프로그램을 보던 아빠가 나를 반겼다.

"언제 일어나나 기다리고 있었지."

나는 엄마가 해놓고 간 반찬들을 식탁에 늘어놓았다. 뭐가 정말 많았고, 그걸 꺼내는 일만 했을 뿐인데 냉장고에서 문 열림 경고음이 울렸다. 내가 그러고 있

는 동안 아빠는 전기포트에 물을 올렸다. 아빠는 밥을 먹을 때 꼭 뜨거운 차를 곁들여 먹는다.

"넌 기름진 걸 많이 먹으니까 내가 없더라도 밥 먹을 때 꼭 차를 같이 마셔라."

아빠는 찻잔에 내 몫의 차를 따르고는,

"중국 사람들은 그렇게 해."

라고 덧붙였다.

밥을 다 먹고 내가 설거지를 할 동안 아빠는 베란다로 가서 고양이 똥을 치웠다. 그러면서,

"대통령이 고양이 똥을 치우는 사진을 봤니?"

하고 물었다. 나는 물소리 때문에 안 들리는 척했고, 아빠는 베란다 청소를 시작했다. 아빠는 옛날부터 청소를 잘했다. 청소 자체를 좋아하는 건지 청결에 대한 기준이 엄마와 나와 다른 건지는 잘 모르겠다. 엄마가 나가서 일을 할 때도 아빠는 집에서 청소를 했다. 땀을 뻘뻘 흘리면서, 팬티만 입고 바닥을 박박 닦았다. 텔레비전장의 먼지를 털고, 리모컨을 테이블에 크기별로 올려두었다.

그런데도 내게는 이런 기억이 남아 있다. 아빠가 나를 업고 미친 듯이 뛰어서 오복 분식으로 달려간다. 엄마는 김밥을 말다가 우릴 보고 놀란다. 아빠는 나를 업은 채로 엄마에게 화를 낸다.

"대체 왜 색 있는 옷이랑 흰옷을 같이 돌리는 거야!"

기억은 여기까지다. 기억이라는 것에 기승전결이 있다는 게 말도 안 되지만, 뭔가 애매하긴 하다. 빨래만은 아빠가 하지 않았던 것일까? 엄마는 그 뒤로도 평생 빨래는 다 한꺼번에 돌렸다. 나도 좋아하던 옷을 여럿 버려야만 했다.

베란다 청소를 끝낸 아빠가 내게 마트에 가자고 했다.

*

오복 분식이었던 것으로 추정되는 자리는 두 곳

이었다. 하나는 폐업한 나이트클럽 입구 앞 공터, 다른 하나는 지금은 중국인이 운영하는 식당 자리였다. 나는 두 군데의 사진을 찍어서 아빠에게 전송했다. 사진을 찍으며 오늘 저녁엔 중국인이 운영하는 저 식당에 가보는 것이 어떻겠느냐고 p에게 물었다. 우리는 식당 밖에 서서 안쪽의 메뉴판을 구경했다. 짜장면이나 짬뽕 같은 것은 없었다. 메뉴판 옆엔 개구리튀김이라는 글자가 따로 인쇄되어 붙어 있었고, 나는 p에게 개구리를 먹어보았느냐고 물었다.

"개구리를 먹을 일이 있나?"

"난 먹어봤어."

사실 먹어보진 않았다. 하지만 죽은 개구리와 키스를 한 적은 있다. 시골에 갔을 때였고, 아빠와 이모부들은 어디론가 다녀오더니 개구리를 잡아서 돌아왔다. 그들은 그것을 석쇠에 구웠고 나는 눈을 질끈 감았다. 아빠가 개구리 왕자, 라고 말하며 구워진 개구리를 내 입에 갖다 댔다.

밖에서 계속 메뉴판을 보자 주인이 친절히 문을

열어주었다. 우리는 새로운 메뉴에 대한 도전을 못 하는 만큼 거절도 못 하는 성격이다. 그곳에서 볶음면과 토마토달걀볶음, 고기튀김을 시키고 기다리고 있을 때 아빠에게서 답이 왔다.

　—거긴 왜 갔니? 집에 오늘 안 들어오니?

　갑자기 부끄러워졌다. 아빠, 나 오늘은 모텔에서 자고 가요, 이런 대답을 할 수도 없고 해서,

　—둘 중에 오복 분식 자리가 어디야?

　라고 보냈더니,

　—사진으로는 잘 모르겠네, 라는 답이 왔다.

　주문한 음식들이 나왔다. 정말 다 맛있었다. 언젠가 아빠를 만나러 중국에 갔을 때 먹은 것과 흡사한 맛이었다. 이과두주도 시키고 싶었는데 p가 내켜하지 않는 것 같아서 관뒀다. 술이 없다는 것이 좀 아쉬웠지만 오늘처럼 가끔 새로운 메뉴에 도전해도 괜찮겠다는 생각을 했다. 만족스럽게 먹고 나오자마자 p는 향이 강해서 자신의 입맛에는 별로 맞지 않았다고 말했고, 나는 p에게 네가 중국 여행을 간다면 매우 힘들어할 것

이라고 대답했다. p는 여행을 싫어하므로 아마 중국에
갈 일은 없을 것 같지만.

우리는 빵과 맥주를 사서 늘 가던 모텔로 갔다.

*

다음 날 우리는 모텔을 벗어나 환한 햇빛 아래로 나
왔다. 바로 헤어지기 아쉬워서 커피를 마시고 중고 서
점에 가자고 했다. p가 집에 일이 있어서 일찍 들어가야
한다고 말했다. 그럼 나 혼자 가겠다고 말하고 p를 버스
정류장까지 데려다주었다. p는 괜히 죄책감을 느끼는
지 내게 굳이 혼자 중고 서점에 가야겠냐고 물었다. 나
는 굳이 혼자 중고 서점에 가겠다고 했다. p가 몇 번이
나 다음에 함께 가는 것이 어떠냐고 물었지만 대답하
지 않았다. 그 와중에 p의 집으로 가는 버스가 도착했
다. p는 약간 망설이더니 버스를 잡아탔다. 그는 버스
가 내 시야에서 사라질 때까지 단 한 번도 나를 바라보

지 않았다.

갑자기 오기가 생겼다. p가 없이도 오늘 많은 일을 해야겠다고 생각했다.

중고 서점에서 얇은 책을 한 권 샀고, 광장 벤치에 잠시 앉았다. 책을 펼치지는 않았다. 내 옆에는 얼굴에 신문지를 덮은 남자가 자고 있었다. 얼굴을 가린다면 나도 아무 데서나 잘 수 있을까. 많은 일을 해야겠다고 생각했는데 막상 아무것도 할 수가 없었다. 동생에게 연락을 했다. 뭘 하냐고 묻기에 그냥 벤치에 앉아 있다고 대답했더니, 예술가 납셨네, 라는 답이 돌아왔다. 동생의 자취방으로 가려면 전철을 두 번 갈아타야 했다. 나는 동생에게 오늘 나를 좀 재워줄 수 있냐고 물었다.

*

동생을 만나 동생이 다니는 학교 앞 막걸릿집에 갔다. 대로변에 빨간 플라스틱 테이블이 여러 개 펼쳐져 있었고, 우린 그중 하나에 앉았다. 앉으면서 동생

에게,

"난 야외에서 술 마시면 어른이 된 기분이더라."

했더니,

"별게 다."

라는 대답이 돌아왔고, 나는 조용히 어떤 장면을 떠올렸다. 어린 시절 엄마와 아빠의 손을 잡고 밤거리를 걷는 날들이다. 엄마와 아빠는 나를 데리고 걷다가 꼭 이런 곳에서 맥주를 마셨다. 간혹 치킨을 시키기도 했지만 주로 마른안주를 시켰다. 그럴 때마다 나는 그들이 어른처럼 보였다. 아직도 내게 어른이란 야외 테이블에서 맥주를 먹는 것이다.

동생은 막걸릿집이지만 맥주가 맛있는 곳이라고 말했고, 우리는 레드락 두 잔을 시켰다. 예전에 이런 장소가 나오는 소설을 쓴 적이 있다. 맥주가 더 맛있는 막걸릿집에서 동생을 만나는 내용으로, 동생은 귀신이 되어 나타난다. 그 소설을 쓸 때 나는 동생과 둘이 살고 있었다. 동생은 스쿠터를 타고 출근했고, 나는 동생이 출근할 때마다 함께 나가, 동생이 스쿠터에 시동을 걸고 이내 멀어지는 모습을 바라봤다. 그러고 나 혼자 집에 들어가는 길에 동생에게 사고라도 날까 봐 불안에 떨었다. 그러니까 소설 속에서 동생을 죽인 것은 동생을 너무 사랑했기 때문이다. 우리는 두부김치를 시켰다. 맥주와 두부김치라니. 하지만 동생이 이곳은 두부김치가 맛있다고 하니 어쩔 수 없었다. 나는 동생에게 그간의 일들을 말했다.

"아빠랑 마트에 다녀왔어."

"어디?"

"바로 옆 도시에 있는 마트."

"아, 거기."

"아빠가 운전하면서 뜬금없이 뭐라는 줄 알아?"

"뭐래?"

"깡패라는 건 일종의 명함이래."

"갑자기 그런 말을 해?"

"내 말이. 명함을 건네면 자기네들끼리 명함의 가치를 정하는 게 깡패들이 하는 일이래."

우리는 두부김치를 주워 먹었다. 먹으면서 아빠

쓰지 않을 이야기

의 직업이라는 게 혹시 깡패가 아닐지 걱정했다. 하지만 깡패가 정확히 뭘 하는지 우린 몰랐다. 나는 〈넘버 3〉라는 영화를 본 적이 있지만, 동생은 그 영화의 제목조차 처음 듣는다고 했다. 나는 그런 영화가 있었다고 말하면서 너무 오래 산 것 같다는 생각을 했다. 아빠가 만약 깡패라면…… 깡패는 자신의 명의로 통장을 갖지 못하는 사람. 동물 다큐멘터리를 하루 종일 보는 사람. 집을 깔끔하게 유지하고 빨래를 색깔별로 나누어서 빠는 사람. 그런 사람을 말하는 게 아닐까.

"오복 분식은 알아?"

"그게 뭔데?"

"엄마가 예전에 했던 가게."

"아, 가게 이름이 그거였어? 나야 태어나기 전이니까 나중에 들어서 알지."

"그럼 너 개구리 먹은 적 있어?"

"개구리를 왜 먹어."

"애인이랑은 잘 지내?"

"질문들이 다 왜 이래."

"그냥…… 그런 게 궁금하네."

두부김치와 맥주는 역시 어울리지 않는 조합이었다.

*

동생의 집으로 와서 씻고 누웠다. 눕고 나니 집이 더 좁아 보였다. 머리가 덜 말라서 신경 쓰인다고 하자, 동생은 베개에 수건을 깔아주었다. 누워서 천장을 보며, 혹시 야광별 같은 게 붙어 있을지도 모른다고 생각했는데, 불을 끄니 마냥 어두웠다.

"집은 마음에 들어?"

"이 동네에서 이만하면 괜찮아."

"벌레는 안 나와?"

"응, 언니는?"

"나 뭐?"

"괜찮아?"

"모르겠어. 이제 그만 해야겠어."

"쓰는 것을?"

"쓰는 것을."

"우린 커서 뭐가 될까."

커서 뭐가 될까, 라는 말은 동생의 말버릇이었다. 분명히 두부김치를 먹을 때만 해도 내가 너무 오래 산 것 같다는 생각을 했는데, 어느새 나는 동생의 말처럼 커서 뭐가 될지 궁금해하고 있었다. 나는 동생에게 동료 소설가 Y의 이야기를 해주었다. Y에게는 고양이 알레르기가 있다. 한번은 나를 만나는 동안 내내 재채기를 한 적이 있는데, 알고 보니 내 옷에 묻은 고양이 털때문이었다. Y는 그래도 고양이가 너무 좋다고 했다. 평생 고양이를 키울 수 없다는 사실이 절망적이라고도 했다. Y가 절망적이라고 하니 나도 덩달아 슬퍼졌다. 대충 이런 얘기였고 동생은 가만히 듣더니,

"그래서 갑자기 이 얘기는 왜 한 거야."

라고 했다.

"그냥…… 누군가가 영원히 하지 못하는 일이 있

다고 생각하니 슬퍼서."

"……."

"알레르기 약도 안 듣는대."

동생이 조용히 등을 돌리며 이불을 끌어당겼다.

*

어둠 속에서 동생이 물었다.

"아빠 죽일 거야?"

깜짝 놀랐고, 이내 소설 이야기라는 걸 깨달았다.

"언젠간."

"안 쓴다더니."

*

집에 돌아와 낮잠을 자고 일어나니 p에게 메시지가 와 있었다. 집 앞으로 오겠다는 내용이었고, 나는 황급히 메시지가 전송된 시간을 확인했다. 30분 전쯤 보낸 것이었다. p의 집에서 우리 집까지는 한 시간 정도가 걸리므로 나는 아직 여유가 있다고 생각하고 다시 누웠다. 누워서 중고 서점에서 사온 책을 읽었다. 책은 어떤 남자가 여자에게 다가와 말을 거는 장면으로 시작한다. 남자는 여자의 쭈그러진 얼굴이 젊었을 때의 얼굴보다 사랑스럽다고 말한다. 다음 문단. 그것은 여자가 오래도록 상상해온 장면이다. p에게서 전화가 왔다.

"집 앞이야."

"이렇게 빨리?"

나는 창문을 열어 밖을 내다보았다. p가 주차장 한가운데에 흰색 차를 세워두고 담배를 피우고 있다.

"웬 차야?"

"이따 말해줄게. 내려와."

화장실에 서서 거울을 보니 모습이 엉망진창이었고, 내가 씻는 것을 p가 기다려줄까 생각해보았다. 기다리지 않으면 뭐 어쩔 거야, 하는 마음으로 살면 좋을 텐데. 혹시 p가 기다리다가 짜증이 쌓일까 봐, 그럼 조수석에 앉아 어디론가 가는 내내 불편해질까 봐 나는 양치와 세수만 했다. 거실에서 아빠가,

"어디 가냐."

했고 어디에 가느냐는 물음인지, 나가느냐는 물음인지 몰라서,

"응."

하고만 대답했다. 어디에 가는지는 나도 모르니까. 신발을 신으며 아빠를 보니 거의 눈을 감다시피 하고 있었다. 미간에 주름이 깊었다. 나이가 들면 피부가 얇아진다던데, 아빠의 피부는 점점 두꺼워지는 것 같다.

나는 아빠가 떠나는 이야기를 쓴 적이 있다. 엄마가 오복 분식으로 번 돈으로 아빠에게 가라오케를 차려주고, 일본인을 주 고객으로 삼던 가라오케가 망하고, 망한 가라오케에서 나와 엄마와 아빠가 함께 훌라를 치던 장면을 썼다. 아빠가 떠나기 전 우리 가족은 종종 다 같이 훌라를 쳤다. 완전이 다 망하고 나서는

셋이 한낮에 동그랗게 앉아서 옷 벗기 내기를 하며 홀라를 쳤다. 엄마와 나는 내복까지 껴입었고, 아빠는 러닝셔츠에 사각팬티 차림이었다. 그런데도 마지막에 팬티를 벗은 것은 엄마였다. 엄마가 홀딱 벗고 누워 있던 장면도 썼다.

한 평론가는 이렇게 말했다.

"이거 너네 집 얘기냐. 혹시 그렇더라도 어디 가서 말하지 마라. 특히 애인들한테."

우리 가족은 이제 홀라의 룰도 잊었다. 가족은 모두 각자의 일을 하러 오래도록 집을 나가 있다. 돌아온 아빠를 거실에 혼자 두고.

신발장까지 쫓아온 고양이가 엉덩이를 정강이에 비비다가 바닥에 드러누웠다. 그걸 그대로 두고 밖으로 나왔다.

*

p는 묘하게 들떠 보였는데, 평소에 듣지 않는 빠

른 비트의 음악까지 차 안에 틀어놓은 채였다. 조수석 문을 열자마자 음악이 크게 들려서 나는 다시 문을 닫 아야만 했다. 차의 외관은 깔끔했지만, 내부는 오래된 티가 났다. 시트 몇 군데는 벗겨져 있었고 문손잡이 쪽 엔 긁힘이 많았다.

"웬 차야?"

"며칠 전에 누나가 친구한테 중고로 차를 샀어."

"그런데?"

"너 태워주려고 빌렸지."

조수석에 타서 안전벨트를 매며 내가 물었다.

"그런데 우리 어디로 가?"

"글쎄. 가까운 바다라도 갈까."

우리는 휴대전화에 내비게이션 앱을 받았다. 월미 도를 검색했더니 월미도 공영 주차장이 나와서 일단 그곳을 목적지로 정했다. 가는 길에 나는 차를 타고 가 족이 성남에 갔던 이야기를 p에게 해주었다.

"그때는 아빠가 다단계를 했거든."

"아빠가 가라오케를 하셨다고 하지 않았어?"

"응, 그거 망한 다음이야."

당시 엄마는 만삭이었다. 성남까지 가는 길은 내내 차가 꽉 막혀 있었다. 엄마는 조수석을 젖혀두고 내내 잤고, 나는 아빠와 끝말잇기를 했다. 자다 깬 엄마가 오줌이 마렵다고 했다. 엄마에게 좀 참아보라고 했지만 차가 빠질 기미는 보이지 않았다. 아빠는 차를 세우고 트렁크에서 다단계 제품 용기 하나를 꺼내 왔다. 엄마가 뒷좌석으로 넘어왔고, 용기 밑에 휴지를 깔고 오줌을 눴다. 나는 오줌이 찰랑대는 걸 보고 깔깔 웃다가, 나도 싸겠다고 했다.

월미도까지 가는 길은 뻥 뚫려 있었지만, 그냥 이런 게 생각났다.

"내가 어릴 때 얘기를 너무 많이 하나?"

p에게 물었고, p는 그냥 웃기만 했다. 나는 p가 틀어둔 노래를 따라 불렀다. 부르면서 애인들에게 가족 얘기를 하지 말라던 평론가의 말을 떠올렸다. p에게는 어디까지 말할 수 있을까.

차를 주차장에 세우고 바다가 있는 곳까지 걸어갔다. 바다를 잠깐 보기만 했는데 모든 게 흩어지는 기분이 들었다. 바다가 있는 곳에서 살기도 했었지. 바다에 올 때마다 계절을 건너뛰는 기분이 든다. p를 바라봤다. 그는 무감해 보였다. 나는 어쩌면 p에게서 그런 무감함을 배우고 있는지도 몰랐다.

*

메뉴 선정은 역시나 오래 걸렸고, 야외 테이블이 있는 곳이 좋다는 내 말에, 조개구이를 먹게 되었다. 나는 밤에 밖에서 뭘 먹으면 어른이 되는 기분이라고 말했다. p가 날 빤히 보다가,

"너 어른이야."

했다. 나는 술도 시켰다. 몇 잔 마시자 p에게 무슨 얘기든 하고 싶어졌다.

"좀비 아빠랑 바다에 가는 소설을 썼었어."

"알지."

"나는 요즘 소설에서 사람도 엄청 죽여댄다."

"그래?"

"너도 죽일 거야."

"재밌겠네."

"지독한 소설을 쓸 거야. 유머라고는 단 한 줄도 없는 소설을."

그러고 보니 아직까지 내 소설에선 단 한 명의 애인도 죽지 않았다. 그 사실이 웃겼다. 조개가 입을 쩍쩍 벌렸고, 야외 테이블은 가게들의 조명을 따라 끝없이 늘어서 있고, 바다는 보이지 않았다.

*

근처에는 모텔이 아주 많았다. 우리는 조개구이를 다 먹고 나서 조금 걸었다. 낯선 도시라선지 좀 위축되는 기분이었고, 나는 얼른 집에 가자고 p를 졸랐다. 다시 공영 주차장으로 돌아왔다. p가 스마트키에 있는 문 열림 버튼을 눌렀는데 소리가 나지 않았다. 비슷한 차가 많은 데다 오늘 처음 본 차라선지…… 찾는데 좀 오래 걸렸다. 찾고 보니 차는 어둠 속에서 조용히 헤드라이트를 깜빡이고 있었다. 차에 타고서도 내가 계속 추워해서 p는 뒷좌석에 있던 담요를 내게 덮어주었다. 시동을 걸기 전에 내가 물었다.

"덮고 있는 담요 위를 좀 쓸어내려줄 수 있어?"

p가 다행히 그렇게 해줬고, 나는 잠깐 잠들었다. 꿈에서 뮤지컬을 보러 갔는데, 배우들이 한 명도 제시간에 오지 않았다. 공연장 측에서는 실황 영상을 틀어주겠다고 했다. 그걸 보다가…… 기시감을 느끼며 깨어났다. 창밖을 보았다. 차는 여전히 달리고 있었고, 큰 대교를 건너는 중이었다. 나는 가만히 p의 오른손을 잡았다. 우리가 마음만 먹으면 언제든 가족이 될 수도 있다는 사실이 이상했다. p를 닮은 못생긴 아이를 낳고, 그 아이는 여러 도시를 오가며 살다가, 나를 닮은 사람을 만나서, 언젠가 누군가와 이런 차를 타고 가면서 생각하는 것이다. 마음만 먹으면 언제든 가족이 될 수도 있다는 사실이 이상하다고.

한참을 달리다 보니 익숙한 건물들이 나타났다.

"우리 동네야?"

"응."

p는 그저 우리 집 주소를 검색하고, 또 길을 따라온 것뿐일 텐데. 내가 사는 도시가 영영 사라졌다 갑자기 나타난 것처럼 쓸데없이 놀라웠다. 우리가 늘 가던 곳이 아닌 다른 도시에 다녀왔는데, 또 이렇게 금방 익숙한 도시에 있다는 것도…….

우리 집까지 가는 길엔 골목이 참 많았다. 골목들이 참 비좁고 비슷비슷하네, 그런 생각을 하는데 퍽 하는 소리와 함께 차가 멈췄다. p가 허겁지겁 창문을 내리기에 나도 그쪽을 바라보니 사이드미러가 날아가고 없었다. 우리는 차에서 내려 날아간 사이드미러를 주워 왔다. 사이드미러는 멀리도 비행을 했는지, 차 한참 뒤에 있는 다세대주택의 작은 화단에 떨어져 있었다. 주워 오면서 차도 살펴보았다. 다른 차에 부딪히거나 한 것은 아니었고, p의 마음은 전혀 그러지 않을 텐데도, 그만 나는 다행이라고 생각해버렸다. 차가 멈춰 선

건물 기둥에 검은 줄이 선명히 나 있었다.

나는 조수석에 타서 무릎 위에 사이드미러를 올려 두었다. 부러진 사이드미러에는 전선이 많이 달려 있었다. 이런 조그만 거울에 의지하면서 사람들은 그런 큰 대교를 건너고, 바다를 보고 오고, 도시를 넘어가는 일을 아무렇지도 않게 한다.

사이드미러 없이도 어떻게든 우리 집 주차장까지 오긴 했다. 나는 p에게 잠시 기다리라고 하고 집에 올라갔다. 거실에는 아빠가 아까 내가 나갈 때 모습 그대로 있었다.

"불도 안 켜고 뭐 해."

내가 불을 켜며 말했더니,

"깜빡 잤네."

했다. 방에서 박스 테이프를 찾아서 다시 나가려는데 아빠가 물었다.

"어디 가냐."

"응."

주차장으로 내려와 박스 테이프를 건네자 p가 사이드미러를 좀 잡고 있어달라고 했다. 내가 사이드미러를 잡고 절단면에 갖다 대자 p가 박스 테이프로 둘둘 감아 붙였다. p는 차 옆에서 담배를 한 대 피웠다. 꽁초를 비벼 끈 뒤, 풀이 죽은 채로 이만 가보겠다고 했다. 나는 p의 차가 주차장을 빠져나가는 걸 봤다. 손을 흔들까 했지만, 사이드미러가 이미 불안하게 흔들리고 있었다.

*

모든 장소와 시간을 그저 빌리면서 산다고 생각할 때면…….

*

Y에게서 메시지가 왔다. 그는 내일 고양이가 여러 마리 있는 집에 놀러 갈 예정이라 지금부터 알레르기

약을 먹고 있다고 했다. 나는 Y에게 고양이는 죽어서도 털이 많이 빠진다고 말해주었다. 그걸 엎드린 채로 전송하다가 웃음이 나왔는데, 웃었다는 사실에 스스로도 너무 놀라서 한동안 가만히 있었다. 가만히 누워서 책이 쌓여 있는 걸 보다가 『픽션들』에 이르렀을 때, 동생에게 '뭐 해?'라는 메시지를 보냈다. 동생은 '지금 본가로 가는 중'이라고 보내더니 곧 메시지를 하나 더 보냈다. '곧 도착'. 엄마가 퇴근하고 들어오는 소리가 들렸고, 모두가 오고 있네, 오랜만에 가족이 다 모이겠네 생각했다.

*

누군가 나를 죽이는 소설을 쓰는 날이 올까. 너무 오래 살다 보면 그런 일이 있을지도 모른다는 생각을 한다. 아마 높은 확률로 그것을 쓰는 것도 읽는 것도 나뿐일 것이다.

쓰지 않을 이야기

전염병이 지나간 자리

박혜진

(문학평론가)

  진화인류학은 인간의 위기관리 능력을 높이 사지 않는다. 위기관리 측면에 있어 어느 동물보다도 열세한 입장에 처한 인간은 위험 상황을 감지하는 능력도, 감지한 이후 상황을 통제할 수 있는 능력도 높지 않도록 진화해왔다는 것이다. 위기를 '관리'하는 것이 아니라 위기에 '도전'하며 자연을 이용해온 것이 인류의 역사라고 할 때, 전염병이라는 불가항력은 오랜 세월 동안 축적되며 만들어진 인간의 관성, 즉 도전하고 극복하고 제압하려는 힘을 거스르도록 요구한다는 점에서 인류가 마주한 진정한 위기다. 대규모 전염병 상황에서 인간은 만나고 싶은 욕구, 연결되고 싶은 욕구와 싸워야 한다. 우리는 고립되어야 한다.

그러나 지젝의 전언과도 같이 전염병의 진짜 문제는 어느 누구도 완전히 고립될 수 없다는 데에 있다. 완전한 고립이 불가능하므로 인류는 가능한 고립을 선택하고 가능한 멈춤을 실천하며 사회적 인간으로서의 욕망을 억제하거나 그동안의 방식과는 다른 방식으로 욕망을 관리한다. 그런데 이러한 집단적 욕망 관리는 오랜 시간 동안 인간 스스로의 힘으로는 감행할 엄두조차 내지 못했던 통제의 실천이기도 하다. 전염 사회가 환기하는 죽음에 대한 '공포'는 발산하고 획득하고 제압하는 패러다임에서 벗어나 자연의 통제를 받아들이고 그 안에서 지속 가능한 삶의 방식을 모색하고 대안적 패러다임을 상상할 수 있는 기회이기도 한 것이다. 전염병의 양상이 어느 한두 가지에 국한되지 않는 것처럼 전염 사회를 살아가는 사람들의 면면도 다양할 수밖에 없다.

카뮈의 소설 『페스트』에서 전염병은 어느 날 갑자기 출현한 것과 마찬가지로 어느 날 홀연히 사라진다. 카뮈는 이 사라짐의 결과를 승리의 연대기로 기록하지 않았다. 작가는 오히려 사라진 이유를 알 수 없으므로 언제든 또다시 나타나 세상을 집어삼킬 수 있는 것으로 페스트 이후를 예고한다. 예고에 따르는 조건은 망각이다. 어머니가 죽었다는 소식을 듣고 장례를 치르기 위해 찾아온 뫼르소가 어머니의 사망 날짜를 기억하지 못했던 『이방인』처럼 『페스트』 역시 근대적 인간의 오만함을 비웃듯 끝내 병의 정체를 알려주지 않는다. 전염병은 이해의 대상이 아니라 기억의 대상이기 때문이다. 우리 기억에서 페스트를 잊어버릴 때 그것은 다시 우리를 덮쳐올 것이다.

일찍이 인류는 위기를 피하기 위해 기억하고, 기억하기 위해 이야기를 만들었다. 전염 사회에 관한 한 어떤 형식의 글보다도 이야기가 필요한 것은 이야기야말로 낮은 위기관리 능력을 지닌 인간이 만든 유일한 무기이기 때문이다. 전염 사회에서 개인은 파악되고 노출되고 통제되는 물리적 존재다. 그 가운데 확진자이자 밀접 접촉자, 즉 숫자로 파악되는 개인들 너머 각자가 위치한 삶의 공간에서 전염 사회를 경험하는 개인이 있다. 우리가 기억해야 할 것은 치솟는 숫자보다 우리 자신의 것이기도 한 그들 각자의 사정이 아닐까. 소설가들은 결코 승리의 역사로 끝나지 않을 이 감염의 시간을 살고 있는 '코로나 시대의 인간'을 다층적이고 다면적으로 바라본다. 바이러스의 공격에 멈춤으로 응수하는 개인에서부터 이후를 상상하고 준비하는 개인에 이르기까지, 각자 다른 세계에 뷰파인더를 맞추고 있는 네 편의 소설은 저마다의 방식으로 우리가 모르거나 충분히 알지 못하는 '전환 시대의 인간'을 기록한다.

파운데이션 효과

질병의 낙인 효과에 대해서라면 긴말이 필요치 않다. 질병은 구분하고 배제하는 근거로 쉽게 악용된다.

조수경의 「그토록 푸른」은 김포에 사는 31세 여성 주소영 씨의 이야기다. 여행사에서 비정규직으로 일하던 중 집단 감염병이 발생하며 1순위로 해고된 그녀는 요즘 새벽배송 물류센터에서 아르바이트를 한다. 육체적 어려움도 어려움이지만 정신의 문제야말로 소영 씨를 힘들게 한다. 물류센터에서 일하던 어느 날 그녀는 주문서에서 눈에 익은 이름을 발견하는데, 그 이름은 다름 아닌 그녀가 가장 빛났던 시절 사귀었던 남자친구의 그것이다. 주문서의 이름이 그때 그 남자친구의 이름인지는 중요하지 않다. 주문서의 이름은 순식간에 그녀가 서 있는 자리를 직시하게 만드는 매개물이 된다. 모든 것이 가능했던 시절의 '나'는 상상하지 못했던 자리에서 멍하니 과거를 회상하고 있는 자신을.

소영 씨 이야기는 자각하는 데에서 더 나아가 자신을 숨길 수밖에 없는 상황으로 이어진다. 확진자가 나오면 업장이 폐쇄되어 매출에 악영향을 미치고 기업의 이미지도 실추된다는 무언의 압박에 직원들은 문진표 앞에서 진실을 말하지 않는다. "손이나 발끝에 푸른빛이 돈다"는 항목에 "아니오"라고 답한 '나'의 손끝 발끝은 옅은 푸른빛을 띠고 있다. 사람들은 증상을 감추기 위해 푸른빛 위에 파운데이션을 바른다. 그들이 이토록 비참한 메이크업을 하는 이유는 확진자가 혐오의 대상이기 때문이다. 전염병이 차별의 기제로 작동할 때 그것은 빨리 치료해야 하는 질환이기보다 들키지 말아야 하는 수치가 된다.

기업에서 일하는 직원들만 이러한 공포를 느끼는 건 아니다. 확진자 동선이 공개되며 개인 정보가 공개되고 그로 인해 마땅히 보호받아야 할 사람들의 인권이 무책임하고 무차별적인 혐오의 대상이 되었던 것은 전염 사회를 지나며 우리가 보았던, 기억해야 할 폭력이 아니었던가. 집단 방역을 위해 개인의 자유가 제한되더라도 공통의 안전을 위해 자신의 안전을 위협받아도 되는 사람은 존재하지 않는다. 우리는 파운데이션으로 잠시 덮어둔 슬픈 침묵을 기억해야 한다.

두 개의 재난 지역

김유담의「특별재난지역」은 청도 지역 어느 요양 병원에 입원한 아흔두 살 치매 노인을 아버지로 둔 딸 일남의 시선으로 전개된다. 실제 청도 대남병원은 코로나 초기 확진자가 무더기로 나오며 연일 매체에 등장했던 병원이다. 특정 종교 재단과 관련한 뉴스를 걷어내고 보면 그 안에는 해당 지역에서 돌아가신 아버지의 임종도 볼 수 없는 딸의 절박한 마음이 있다. 팬데믹 상황에서 우리는 우리의 방식대로 애도를 표할 수 없다. 그런데 일남에게는 돌봐야 할 사람이 한 명 더 있다. 이혼한 아들이 맡기고 간 손녀다. 이렇게만 보면 이 소설은 집단 감염이라는 재난 상황에서 아래로 위로 돌봄 노동을 제공하느라 여념 없는 육십대 여성의 가혹한 삶에 대한 이야기처럼 보인다. 그녀가 짊어진 삶의 무게는 가혹하리만치 무겁지만 그녀는 이 전염병의 국면에서 작가가 주목하는 취약층, 그러니까 '노약자'에는 포함되지 않는다.

문제는 손녀다. 일남은 손녀가 디지털 성범죄의

피해자라는 사실을 알게 된다. 일찍이 부모의 이혼으로 할머니 집에서 살고 있는 손녀는 자신을 엄마라고 소개하는 사람으로부터 연락을 받고 그가 요구하는 사진들을 찍어 보내 주고 있던 상황. 우리에게도 잘 알려진 'N번방' 가해자들의 수법과 같은 방식으로 손녀에 대한 정보를 취득해 접근한 다음 나체 사진을 찍어 보내도록 하고 이후에는 그것을 학교에 뿌린다는 것을 빌미로 지속적인 성착취를 일삼는 방식이다.

손쓸 수 없을 정도로 무섭게, 그야말로 무차별적으로 확산되어나가는 것은 전염병만이 아니다. 가해자들이 획득한 피해자의 사진은 대구 경북 일대를 휩쓸었던 전염병의 속도보다도 훨씬 더 빠른 속도로 퍼져나간다. 바이러스에 가장 취약한 대상인 노인과 디지털 성착취에 가장 취약한 대상인 미성년 여아들을 함께 배치하는 작가의 의도를 우리는 피할 길이 없다. 일남의 아버지가 입원해 있던 병원에서의 '죽음'과 비교할 때 디지털 성범죄 피해자들의 고통은 조금도 가볍지 않다. 그 역시 죽음이라는 사실에는 의심할 여지가 없다. 바이러스의 빠른 확산세와 함께 운명을 달리하는 수많은 사람들이 목격되던 그때, 특정되지 않은 디지털 재난 공간에서 수많은 여학생들의 인격도 죽어 갔다. 코로나19와 함께 우리가 기억해야 할 또 하나의 폭력이다.

집단이 무기가 될 때

전염병은 평등하지만 그 결과는 평등하지 않다. 어떤 몸은 더 약하고 어떤 몸은 더 강하다. 박서련의 「두」는 무차별적인 전염병인 줄 알았던 수두가 여아들만 감염되는 성병임이 드러나는 구조로 진행되는 이야기다. 진화는 전교생이 열여덟 명인 분교에 부임하게 된 교사다. 터미널에서도 차를 타고 40분은 더 들어가야 하는 외진 곳에 학교가 있다는 것과 함께 진화의 눈에 들어와 박힌 것은 "범죄 없는 마을"이라고 새긴 표석이다. 그리고 소설은 보란 듯이 우리 마음속 불길한 예상을 드러내기 시작한다. 더 약하고 더 취약한 여성의 몸은 은폐된 범죄가 벌어지고 있는 장소다.

아이들 몸 곳곳에 숨겨진 돌올하게 드러난 빨간 돌기. 여아와 여성에게만 무차별적인 이 질병의 정체는 무엇일까. 자신을 돌봐주는 할아버지의 손이 닿은 곳에 돌기가 난 것을 발견한 진화는 예진을 비롯해 수포 발진 증세를 보인 아이들을 차례로 한 명씩 불러 상담한다. "어디가 제일 간지러웠니. 어디에 물집이 제일 많이 생겼었니." "5학년 오빠가요. 삼촌이요. 할아버지가요." 범죄 없는 마을이 숨기고 있는 범죄는 여기서 그치지 않는다. 교사로 부임한 진화 역시 소설의 피해자가 된다. 여아와 여교사는 피해의 측면에서 동일해진다. 진화가 머무는 집에 밤이 되면 "문을 두드리는 한밤의 손님"이 한번씩 찾아오는 것이다. 함께 근무하는 교사인 채은은 절대 열어주면 안 된다고 말한다. 두 사람은 문을 두드리는 소리가 멎을 때까지 복도에서 대치하다가 각자의 방으로 돌아가기도 한다.

모르는 아이들만 범죄의 피해자가 된 건 아니다. 아는 교사들도 범죄의 피해자다. "미쳐버릴 것 같고 그 사람 집에 불이라도 지르고 싶었는데, 안 그래도 오겠다는 사람 없는 학교를 내 발로 나가든 불 지르고 잡혀가든, 다른 게 아니고 내가 나가면 애들은 어떻게 될지가 무서웠어. 아무리 분교라도 교사 둘이 억지로 붙들고 있는 학교니까. 한 명 가고 결원 못 채우면 폐교는 시간문제니까." 앎의 문제가 아니어서 그렇다. 아무리 적은 전교생 열여덟 명의 작은 학교라도 집단은 개인보다 강하기 때문에 그렇다. 개인이 집단을 온전히 감당하고 있는 왜곡된 구조는 문제의 원인을 개인의 폭로에 맞춘다. 집단은 그 자체로 개인을 은폐하는 폭력의 구조일 수 있다. 집단이라는 합의의 구조가 전염병을 만들고 키운다. 우리가 기억해야 할 세 번째 폭력이다.

쓸 수 있는 이야기

전염병이 지나간 자리에서 우리가 볼 수 있는 것은 폭력만이 아니다. 송지현의 「쓰지 않을 이야기」는 두 공간에서 과거를 회상한다. 우선은 집이다. 집단 감염병은 중국과 홍콩을 오가며 살던 아빠를 집으로 돌아오게 했다. 20년 동안 1년에 한두 번 일주일 정도 집에 머무르는 것이 전부였던 아빠가 집으로 돌아오다니. 아빠의 귀환과 함께 잊고 지내던 과거의 기억들도 돌아오기 시작한다. 베란다를 청소하고 있는 아빠를 보면 "땀을 삘삘 흘리면서, 팬티만 입고 바닥을 박박 닦았"던 아빠의 모습이 떠오른다. "나를 업고 미친 듯이 뛰어서 오복 분식으로" 달려가 "대체 왜 색 있는 옷이랑 흰옷을 같이 돌리는 거야!" 하고 엄마에게 화를 내는 모습도 떠오른다.

다음으로는 남자친구 p가 사는 소도시다. 스무 살 때까지 '나의 살던 고향'이었던 이 작은 도시에 갈 때마다 '나'는 회귀에 대해 생각한다. 과거와 마주하는 것이다. 어느 골목 입구에서 엄마가 운영했던 24시 분식집을 만나고 그 맞은편 가게가 20년이 지난 지금까지도 자리를 지키고 있는 것에 놀란다. 내가 떠올리는 20년 전의 기억들, 그러니까 오복 분식이나 베란다를 청소하는 아빠의 모습 같은 것들은 이제 "영원히 하지 못하는 일"이다. 더 이상 현재일 수도 없고 미래일 수도 없는 과거들. 나는 송지현의 「쓰지 않을 이야기」를 전염 사회를 살아가는 우리 모두의 공통 감각, 즉 상실에 대한 기록으로 읽는다. 그러나 나는 이 상실의 감각을 비관적 체념으로만 읽지는 않는다. 오히려 다가올 미래를 위해 반드시 필요한 감각이 있다면 그 첫 번째는 상실의 감각일 것이다. 전염 사회를 살아가는 전환 시대의 인간을 기록하는 것이 이 책의 목적이라면 송지현의 소설은 전염 사회가 고개 돌려 바라봐야 할 곳이 어디인지 암시하는 작품이라기에 충분하다.

떠나갔기 때문에, 혹은 떠나왔기 때문에 작별했던 그 시절은 분명 지금은 존재하지 않는 사라진 세계이지만 사라졌기 때문에 다시 나타날 수 있는 '가능한 세계'이며 쓰지 않을 것이기 때문에 언젠가 쓰여질 수 있는 도래할 이야기이기도 하다. 위기에 도전하도록 발전한 인류의 역사에서 '오래된 미래'는 주류적 세계관으로 자리 잡지 못한 채 소멸해갔다. 모두가 '오래된 미래'를 예찬했지만 누구도 '오래된 미래'가 올 수 있을 거라고 생각하지 않았다. 이렇게 갑자기 모든 것이 바뀌어버릴 줄도 모르고. 미래는 언제나 우리 뒤에 있는 줄도 모르고. 기억은 위기관리 능력이 떨어지는 인간이 살아남을 수 있는 무기였다. 오래 살아남기 위해 우리는 이 네 편의 소설을 꼼꼼히 기억할 것이다.

S 007
쓰지 않을 이야기

1판 1쇄 인쇄 2020년 9월 28일
1판 1쇄 발행 2020년 10월 7일

지은이 ǀ 조수경 · 김유담 · 박서련 · 송지현
펴낸이 ǀ 김영곤
펴낸곳 ǀ 아르테

문학사업본부 이사 ǀ 신승철
문학팀 ǀ 이정미 김지현
영업본부 이사 ǀ 안형태
영업본부 본부장 ǀ 한충희
출판영업팀 ǀ 김한성 이광호 오서영
문학마케팅팀 ǀ 배한진 정유진
제작팀 ǀ 이영민 권경민

출판등록 ǀ 2000년 5월 6일 제406-2003-061호
주소 ǀ (우 10881) 경기도 파주시 회동길 201(문발동)
대표전화 ǀ 031-955-2100   팩스 ǀ 031-955-2151

ISBN 978-89-509-9169-2 (04810)
       978-89-509-7924-9 세트